DIESES BUCH GEHÖRT:

Die
drei
!!!

Die drei !!!

Gefahr in den Ruinen

Maja von Vogel

KOSMOS

Umschlagillustration von Ina Biber, Gilching
Umschlaggestaltung von Sabine Reddig

Weitere Bände dieser Reihe siehe S. 160

FSC
www.fsc.org
MIX
Papier aus verantwortungsvollen Quellen
FSC® C083411

Gedruckt auf chlorfrei gebleichtem Papier

ISBN 978-3-440-17053-3
Redaktion: Franziska Latoska
Produktion: Lena Geiger
Druck und Bindung: CPI books GmbH, Leck
Printed in Germany / Imprimé en Allemagne

Die drei !!!

Gefahr in den Ruinen

Hitzewelle und Eiskonfekt

Die Hitze traf Marie wie ein Schlag. Sie blinzelte in die gleißende Sonne, während sie aus dem Haus auf die Terrasse trat und ein großes Tablett zur Sitzgruppe balancierte. Ihre Freundinnen Kim und Franzi hatten es sich bereits in den gemütlichen Sesseln im Schatten des Sonnenschirms bequem gemacht. Kim gähnte und Franzi streckte träge die sonnengebräunten Beine aus.

»Ist das heiß heute!«, stöhnte Kim. »Ich bin eben auf dem Fahrrad fast weggeschmolzen. Der arme Pablo ist auch völlig fertig.« Sie kraulte den Spaniel-Mischling mit dem wuscheligen schwarz-weißen Fell, der hechelnd zu ihren Füßen lag, zwischen den langen Schlappohren.

Marie setzte das Tablett vorsichtig auf dem Couchtisch ab.

»Kleine Erfrischung gefällig?« Sie stellte dem Hund eine Schale mit Wasser hin und Pablo begann sofort, gierig zu trinken. »Für uns hab ich auch was Kaltes.«

»Ist das etwa Eiskonfekt?« Kim setzte sich auf. Die Aussicht auf etwas Süßes schien ihre Lebensgeister zu wecken. Kim war

die größte Naschkatze der ganzen Stadt und konnte Eis, Kuchen, Schokolade und Gummibärchen einfach nicht widerstehen.
Marie nickte. »Greift zu!« Sie reichte Kim den Teller mit den eisgekühlten Pralinen, ließ sich auf dem Lounge-Sofa nieder und verteilte drei Gläser. »Wenn wir uns schon nicht von außen abkühlen können, dann wenigstens von innen.« Eigentlich hatten sich die drei !!! heute im Waldschwimmbad treffen wollen, doch das war ausgerechnet während der heißesten Woche des Jahres wegen dringender Wartungsarbeiten geschlossen.
Franzi steckte sich eine mit Vanilleeis gefüllte Praline in den Mund und verdrehte genießerisch die Augen. »Superlecker!«
Marie nahm einen Glaskrug vom Tablett und schenkte sich und ihren Freundinnen etwas zu trinken ein. »Sommerferien sind doch einfach herrlich, oder?«
Kim nickte. »Keine Schule, keine Hausaufgaben, kein Stress ... einfach nur chillen und das tun, worauf man Lust hat. Ein Traum!«
»Nur schade, dass wir gerade keinen Fall haben«, stellte Franzi fest.
»Stimmt«, sagte Marie. »Das wäre eine nette Abwechslung.«
Die drei !!! waren nicht nur Freundinnen, sondern auch Detektivinnen. Gemeinsam hatten sie schon viele Fälle gelöst, zuletzt kurz vor den Sommerferien, als sie einen Skandal im Fußballverein aufgedeckt hatten.
»Ist doch gar nicht so schlecht, auch mal Zeit für andere Dinge

zu haben«, meinte Kim. »Ich hab in den letzten Wochen zwei Kurzgeschichten und eine Reportage geschrieben.«
»Cool!« Franzi nickte anerkennend. »Wenn du so weitermachst, wirst du bestimmt bald eine berühmte Autorin und Journalistin.«
Kim winkte ab. »Schön wär's. Na ja, immerhin wird die Reportage über Leistungsdruck im Jugendfußball, die ich zusammen mit David geschrieben habe, nach den Ferien im Sportteil der *Neuen Zeitung* abgedruckt.«
»Ehrlich?« Marie verteilte Strohhalme in die Gläser. »Das ist ja toll!«
»Wir haben uns auch gefreut«, sagte Kim.
»Wie läuft's denn so mit David?«, erkundigte sich Franzi.
Kim zuckte mit den Schultern. »Gut. Wir verstehen uns prima und sind beim Schreiben ein eingespieltes Team.«
»Mehr nicht?«, fragte Marie.
Kim schüttelte den Kopf. »Nein! Wir sind einfach nur befreundet, klar?«
Marie zog die Augenbrauen hoch. Kims heftige Reaktion sprach Bände. Kim und David kannten sich aus einem Reportage-Workshop und trafen sich seit einiger Zeit regelmäßig zum Arbeiten oder auch einfach nur so. Es war nicht zu übersehen, dass David bis über beide Ohren in Kim verliebt war. Aber Kim wollte nichts davon hören und David war offenbar zu schüchtern, um ihr seine Gefühle zu gestehen.
»Ist ja gut«, sagte Franzi versöhnlich. »Freunde sind schließlich auch etwas Schönes.«

»Genau!« Kim fuhr sich mit beiden Händen durch ihre kurzen dunklen Haare. »Außerdem bin ich total zufrieden mit meinem Leben. Ich hab viel Zeit zum Schreiben und für den Detektivclub, muss mich nicht mit nervigen Gefühlen herumärgern und hab keinen Liebeskummer.«
»Stimmt, Liebeskummer ist echt die Hölle.« Marie verzog das Gesicht.
»Aber zwischen dir und Holger ist doch alles in Ordnung, oder?«, vergewisserte sich Franzi.
Marie lächelte. »Ja, es läuft super. Seit ich meine blöde Eifersucht überwunden habe, geht es mir viel besser. Ich darf gar nicht daran denken, wie peinlich ich mich manchmal benommen habe …«
Marie dachte nur ungern an diese Zeit zurück. Es war ein Schock für sie gewesen, als Holger sich in Selma, ein Mädchen vom Parkouring, verliebt hatte. Doch nach einer Beziehungspause hatte Holger sich für Marie entschieden. Sie war zwar glücklich darüber gewesen, hatte es aber nicht geschafft, ihm sofort wieder zu vertrauen. Die Angst, er könnte noch etwas für Selma empfinden, war einfach zu groß gewesen. Die Eifersucht hatte sie fast aufgefressen. Ein Albtraum! Sie hatte sogar überlegt, Holger heimlich hinterherzuspionieren oder ihn absichtlich eifersüchtig zu machen. Zum Glück hatten Kim und Franzi sie davon abgehalten.
Doch das war jetzt vorbei. Marie vertraute ihm endlich wieder hundertprozentig und genoss jede gemeinsame Minute, die sie mit ihrem Freund Holger verbrachte.

»Ich bin nachher mit Blake verabredet«, erzählte Franzi. »Wir wollen im Baggersee eine Runde schwimmen.«

»Nervt es dich noch, dass er so gerne im Mittelpunkt steht?«, fragte Kim.

»Manchmal.« Franzi seufzte. »Aber das ist nun mal seine Art. Ich versuche, ihn so zu akzeptieren, wie er ist. Am besten klappt es, wenn wir nur zu zweit sind.« Sie nieste dreimal hintereinander.

»Heuschnupfen?«, fragte Marie.

Franzi nickte und putzte sich die Nase. Letzte Woche hatte sie einen Allergietest gemacht, bei dem ein leichter Heuschnupfen festgestellt worden war. Zum Glück musste sie keine Medikamente nehmen, sondern kam mit einem Nasenspray gut zurecht. »Ich bin so froh, dass ich nur gegen Gräserpollen und nicht gegen Pferde oder andere Tiere allergisch bin.« Franzi war nicht nur sehr sportlich, sondern sie liebte auch Tiere über alles, besonders ihr Pony Tinka und ihr hinkendes Huhn Polly.

Kim griff nach ihrem Glas und saugte an dem rot-weiß geringelten Strohhalm. »Schmeckt köstlich! Was ist das?«

»Zitronen-Basilikum-Limonade«, antwortete Marie. »Selbst gemacht!«

»Von dir?«, fragte Franzi.

»Nein, von Oma Agnes.«

Wie aufs Stichwort trat Maries Stiefoma auf die Terrasse. Sie nickte Kim und Franzi zu und stellte einen Teller mit klein geschnittener Honigmelone auf den Tisch.

»Ich dachte, ihr mögt vielleicht eine gesunde Erfrischung.«

»Danke.« Marie hielt Oma Agnes den Teller mit dem Eiskonfekt hin. »Möchtest du?«
Oma Agnes kämpfte kurz mit sich, dann griff sie nach einer leicht geschmolzenen Praline und steckte sie in den Mund.
»Lecker«, stellte sie etwas überrascht fest. »Auch wenn das Eis bestimmt nicht mit echter Bourbon-Vanille hergestellt wurde, sondern mit künstlichen Aromastoffen.«
Marie grinste. »Mal ehrlich, ein paar künstliche Aromastoffe bringen uns schon nicht um.«
»Wahrscheinlich hast du recht.« Oma Agnes seufzte. »Esst trotzdem auch etwas Obst, das ist bei der Hitze viel besser verträglich.« Sie ging zurück ins Haus.
»Sie macht eindeutig Fortschritte«, stellte Franzi fest. »Vor ein paar Wochen wäre es noch undenkbar gewesen, dass sie als absoluter Gesundheitsfreak ein Stück Eiskonfekt isst.«
Oma Agnes war die Mutter von Tessa, der zweiten Frau von Maries Vater. Maries Mutter war vor vielen Jahren gestorben und ihr Vater hatte vor einiger Zeit wieder geheiratet. Marie kam mit Tessa super klar. Auch mit Lina, Tessas zwölfjähriger Tochter, verstand sie sich inzwischen ganz gut. Außerdem gehörte noch der kleine Finn, Maries und Linas dreijähriger Bruder, zur Patchworkfamilie.
Oma Agnes war seit ein paar Monaten immer wieder Gast in der Villa der Grevenbroichs, manchmal sogar für mehrere Wochen, angeblich um Tessa mit Finn zu helfen.
»Ja, sie ist viel entspannter geworden, was das Thema Ernährung angeht. Es muss nicht mehr alles hundertprozentig

gesund und bio sein.« Marie zeigte auf die Glaskaraffe. »Stellt euch vor, in der Limonade ist sogar Zucker!«
Franzi lachte. »Aber garantiert fair gehandelter Rohrohrzucker aus dem Bioladen, oder?«
»Natürlich!« Marie grinste. »Außerdem überlässt Oma Agnes es jetzt mir, wann ich abends das Licht ausmache, und meckert nicht mehr dauernd über gefährliche Handystrahlung und die schlechte Erziehung der heutigen Jugend.«
»Bleibt sie noch lange bei euch?«, fragte Kim.
»Keine Ahnung. So viel ich weiß, hat sie sich immer noch nicht mit Opa Herbert vertragen.«
Marie hatte erst kürzlich herausgefunden, was der wirkliche Grund für Oma Agnes' ausgedehnte Besuche war: Sie hatte Streit mit ihrem Mann. Auslöser war Opa Herberts geheimes Süßigkeitenlager in der Garage gewesen, das Oma Agnes entdeckt und radikal geräumt hatte – sämtliche Süßigkeiten waren im Mülleimer gelandet!
»Ich dachte, sie wollte sich bei ihm entschuldigen«, sagte Kim.
»Wahrscheinlich schafft sie es nicht, über ihren Schatten zu springen«, vermutete Marie. »Dabei macht Opa Herbert doch extra ihretwegen einen vegetarischen Kochkurs und isst viel weniger Süßigkeiten als früher. Wenn ich nur wüsste, wie ich ihr helfen kann!«
Anfangs war es Marie nur darum gegangen, Oma Agnes so schnell wie möglich loszuwerden. Doch inzwischen war ihr die alte Frau mit dem herben Charme ans Herz gewachsen und es tat Marie weh, sie unglücklich zu sehen.

»Und wenn wir ein bisschen Amor spielen?«, fragte Franzi.
Marie setzte sich auf. »Was meinst du damit?«
Franzi lächelte verschmitzt. »Wir geben Opa Herbert einfach ein paar Tipps, wie er seine Frau zurückerobern kann.«
»Superidee!« Marie angelte sich ein Stück Melone vom Teller. »Am besten, ich ruf ihn gleich heute noch an. Es wird höchste Zeit, dass die beiden sich wieder vertragen.«
Finn hüpfte auf die Terrasse. Als er das Eiskonfekt auf dem Tisch entdeckte, ging ein Strahlen über sein Gesicht. »Krieg ich auch was?«
»Klar«, sagte Marie großzügig. »Bedien dich.« Sie fuhr ihrem kleinen Bruder durch die strubbeligen Haare, während er sich in Rekordtempo die restlichen Pralinen in den Mund stopfte.
»Hmm!« Finn schleckte sich die geschmolzene Schokolade von den Fingern und grinste glücklich. Dann kniete er sich neben Pablo und begann, den Hund zu streicheln. »Kann ich mit Pablo spielen?« Er sah zu Kim hoch.
Kim nickte. »Natürlich. Das heißt, wenn Pablo nicht zu müde ist.«
»Komm, Pablo!« Finn sprang auf.
Der Hund erhob sich sofort und folgte Finn in den weitläufigen Garten der Villa. Finn holte einen alten Fußball unter einem Rhododendron-Busch hervor und kickte ihn in Pablos Richtung. Pablo schnappte sich den Ball und rannte davon.
»Na warte, ich krieg dich!«, rief Finn und nahm die Verfolgung auf.

Kim beobachtete die beiden kopfschüttelnd. »Wie kann man bei dieser Hitze nur freiwillig durch die Gegend rennen? Ich bekomme vom Zusehen schon Schweißausbrüche.«
»So kriegt Pablo wenigstens ordentlich Bewegung«, sagte Franzi. »Das Gassigehen kannst du dir heute sparen.«
»Stimmt.« Kim sank etwas tiefer in ihren Sessel und trank noch einen Schluck Limonade.
Eigentlich gehörte der Hund Kims Brüdern Ben und Lukas. Die Zwillinge liebten Pablo zwar heiß und innig, aber wenn es darum ging, mit ihm rauszugehen, hatten sie immer tausend Ausreden parat. Deshalb blieb der tägliche Hundespaziergang oft an Kim hängen, was ihr meistens nicht allzu viel ausmachte.
Plötzlich ertönte ein heller Klingelton. Die drei !!! begannen gleichzeitig, nach ihren Handys zu suchen. Marie zog ihr Smartphone aus der Tasche ihres geblümten Sommerkleids, aber sie hatte keine Nachricht bekommen.
»Sorry, das war ich.« Kim blickte auf das Display ihres Handys. »Eine Nachricht von David.«
»Was schreibt er denn?«, erkundigte sich Franzi so harmlos wie möglich.
Kim runzelte die Stirn. »Er will wissen, wo ich stecke. Angeblich muss er mich unbedingt sehen, jetzt sofort. Scheint ein Notfall zu sein.«
Marie grinste. »Wohl eher ein Fall von akuter Sehnsucht.«
Kim ging nicht auf die Bemerkung ein. »Ist es okay, wenn er herkommt? Dann schicke ich ihm die Adresse.«
»Klar, von mir aus.« Marie trank ihre Limonade aus. Ob

David beschlossen hatte, Kim ausgerechnet heute seine Liebe zu gestehen? Oder was konnte sonst so dringend sein?
Marie erhob sich, um noch ein Glas aus der Küche zu holen und den fast leeren Krug nachzufüllen. Als sie wieder auf die Terrasse kam, bog David gerade um die Hausecke.
»Das ging aber schnell«, wunderte sich Kim. »Bist du geflogen?«
»Nein, ich bin mit dem Rad gekommen.« David grinste schief. »Allerdings bin ich ziemlich gerast. Wahrscheinlich krieg ich gleich einen Hitzschlag.« Auf seiner Stirn glänzten Schweißtropfen und sein schwarzes T-Shirt war ganz verschwitzt.
»Trink erst mal was.« Marie schenkte David ein Glas Zitronen-Basilikum-Limonade ein. Er griff dankbar danach und trank es in einem Zug leer.
»Was gibt es denn so Dringendes?«, fragte Kim. »Ist etwas passiert?«
David fuhr sich mit der Hand über das Gesicht. »Das weiß ich noch nicht so genau.« Er holte tief Luft. »Ich brauche eure Hilfe. Mein Bruder ist verschwunden.«

Nichts für Feiglinge

»Wie bitte?« Kim starrte David an.
»Mein Bruder ist verschwunden«, wiederholte David. »Er wollte mich gestern Abend anrufen, aber das hat er nicht getan. Auf dem Handy erreiche ich ihn nicht und zu Hause ist er auch nicht ... So langsam mache ich mir echt Sorgen!« Seine Stimme zitterte.
»Setz dich erst mal hin.« Marie deutete auf das Sofa.
David ließ sich mit einem Seufzer in die weichen Polster fallen und Marie schenkte ihm Limonade nach.
»Erzähl uns bitte alles der Reihe nach.« Kim hatte sich von der ersten Überraschung erholt und sofort in den Detektivmodus geschaltet. Sie zog ein abgegriffenes Heft aus ihrer Umhängetasche, das sie als Detektivtagebuch für unterwegs benutzte. »Dein Bruder heißt Timo, oder?« Kim schlug das Heft auf und zückte einen Kugelschreiber. »Wie alt ist er?«
David trank einen Schluck, ehe er antwortete. »Timo ist zweiundzwanzig. Er studiert Sport und Französisch auf Lehramt und wohnt im Studentenwohnheim in einer Zweier-WG.«

»Wann hast du ihn zum letzten Mal gesehen?«, fragte Franzi, während Kim eifrig mitschrieb.
David überlegte. »Das ist schon länger her. Aber wir haben uns zwischendurch immer mal wieder Nachrichten geschickt oder telefoniert. Gestern Abend wollte er mich anrufen, um sich zu verabschieden.«
»Sich verabschieden?« Marie runzelte die Stirn. »Warum?«
»Timo wollte ein paar Tage wegfahren«, erklärte David. »Es sind ja gerade Semesterferien.«
»Wo wollte er denn hin?«, fragte Kim.
»Nach Frankreich und vielleicht weiter bis nach Spanien. So genau wusste er das noch nicht. Er wollte einfach in den Zug steigen und losfahren.«
Kim hielt einen Moment inne und klopfte mit dem Kugelschreiber auf das Heft. »Und wenn er einfach schon in den Urlaub gestartet ist?«
David schüttelte den Kopf. »Timo wäre nie weggefahren, ohne sich von mir zu verabschieden. Das ist so ein besonderes Ritual zwischen uns. Wir sehen uns zwar im Alltag nicht jeden Tag, aber wir sind regelmäßig in Kontakt. Ich weiß immer, wo Timo gerade steckt und was er so treibt, und umgekehrt.« Davids braune Augen waren dunkel vor Sorge. »Ihm muss etwas passiert sein!«
»Was ist mit euren Eltern und Timos Mitbewohner?«, wollte Marie wissen. »Vielleicht haben die eine Ahnung, wo er ist?«
»Die glauben alle, Timo sei schon im Urlaub.«
»Aber du glaubst das nicht«, stellte Franzi fest.

»Nein.« David schüttelte den Kopf. »Timos Handy ist seit gestern Nachmittag ausgeschaltet. Das macht er sonst nie. Es ist ihm total wichtig, immer erreichbar zu sein.«

»Vielleicht ist der Akku alle und er kann ihn im Zug nicht aufladen«, sagte Franzi.

»Außerdem war ich vorhin in Timos WG«, berichtete David. »Er hat seinen Laptop nicht mitgenommen. Der steht noch auf dem Schreibtisch. Dabei wäre er nie ohne Notebook weggefahren.«

»Nicht mal in den Urlaub?«, fragte Marie.

»Nein! Timo ist leidenschaftlicher Hobbyfotograf. Gerade im Urlaub braucht er den Laptop, um jeden Abend seine Fotos hochzuladen.«

»Also, ich weiß nicht ...« Franzi zwirbelte skeptisch eine rote Haarsträhne zwischen zwei Fingern. »Für mich klingt das so, als könnte es für Timos Verschwinden auch eine völlig harmlose Erklärung geben.«

Marie nickte. »Finde ich auch. Er ist spontan etwas eher in den Urlaub gestartet und hat vergessen, sich von dir zu verabschieden. So was kommt vor. Vielleicht will er seine Ruhe haben und hat deshalb sein Handy abgestellt. Oder der Akku ist tatsächlich leer. Und den Laptop hat er zu Hause gelassen, weil er im Zug möglichst wenig Gepäck haben will.«

»Oder weil er Angst hat, der Laptop könnte unterwegs geklaut werden«, ergänzte Franzi.

»Eine Vermisstenanzeige bei der Polizei können wir uns jedenfalls sparen«, stellte Kim fest. »Dafür ist Timo noch nicht lange genug verschwunden. Er ist schließlich erwachsen und kann tun und lassen, was er will.«

»Wahrscheinlich sitzt er gerade irgendwo in Südfrankreich und trinkt Café au Lait, während wir uns hier die Köpfe heißreden.« Marie lächelte David beruhigend zu, aber sein Gesicht blieb ernst.

»Das glaube ich nicht.« David zögerte kurz, bevor er weitersprach.

»Ich ... ich hab euch noch nicht alles erzählt. Ich hab einen ganz konkreten Verdacht, was Timo passiert sein könnte.«

Kim, die das Detektivtagebuch gerade wieder in ihre Tasche stecken wollte, erstarrte mitten in der Bewegung. »Was für einen Verdacht?«

David kaute auf seiner Unterlippe. »Unsere Eltern wissen nichts davon. Timo bringt mich um, wenn er mitkriegt, dass ich sein Geheimnis ausgeplaudert habe. Ihr müsst mir versprechen, niemandem etwas zu verraten, okay?«

Die drei !!! nickten.

»Versprochen«, sagte Kim.

David stieß einen tiefen Seufzer aus. »Timo ist Urbexer.«

»Ur-was?«, fragte Marie.

»Urbexer«, wiederholte David. »Das ist die Abkürzung für Urban Explorer. Wisst ihr, was das ist?«

Jetzt machte es klick bei Marie. »Sind das nicht diese Leute, die in leer stehende Häuser einbrechen?«

»Urbexer brechen nirgendwo ein«, widersprach David. »Sie erkunden und fotografieren Lost Places, also verlassene Orte.

Das können zum Beispiel stillgelegte Fabriken, Krankenhäuser, verfallene Villen oder Schulen sein. Timo war auch schon in einem verlassenen Hotel und in einer alten Kirche.«
»Das klingt spannend«, sagte Kim, nachdem sie sich ein paar Notizen gemacht hatte. »Aber ist das nicht gefährlich?«
»Kommt darauf an«, meinte David. »Wenn man aufpasst und sich an die Regeln hält, kann eigentlich nicht viel passieren. Allerdings hält sich Timo nicht immer an die Regeln.«
»Und jetzt fürchtest du, ihm könnte beim Urbexen etwas passiert sein?«, hakte Franzi nach.
David nickte. »Ich kann mit meinen Eltern nicht darüber sprechen, weil sie nichts von Timos Hobby wissen dürfen. Könnt ihr mir helfen?«
Die drei !!! wechselten einen schnellen Blick. Marie wusste, dass ihre Freundinnen dasselbe dachten wie sie.
»Natürlich helfen wir.« Kim schlug das Detektivtagebuch zu.
»Ihr müsst Timo finden!« Davids Stimme hatte einen flehenden Unterton. »Er ist in Gefahr, das spüre ich.«
»Wir werden deinen Bruder suchen«, sagte Marie entschlossen. »Und wir werden ihn finden. Versprochen!«

Detektivtagebuch von Kim Jülich
Donnerstag, 20:31 Uhr

Die drei !!! sind wieder im Einsatz! Eigentlich wollten wir bei Marie nur ein bisschen abhängen, quatschen und den heißen Nachmittag vertrödeln, aber dann kam ein Notruf von David und es war vorbei mit der Ruhe.

Davids Bruder ist verschwunden! David macht sich große Sorgen, weil Timo ein ziemlich ungewöhnliches Hobby hat. Er ist Urban Explorer. Ehrlich gesagt hab ich diesen Ausdruck heute zum ersten Mal gehört. Deshalb hab ich auch gleich ein bisschen im Internet recherchiert, als ich vorhin nach Hause gekommen bin. Zu dem Thema gibt es eine Menge Blogs und Artikel. Ich hab tolle Seiten mit Fotos und Erfahrungsberichten gefunden. Hier kommt eine kurze Zusammenfassung:
Urban Explorer suchen nach Lost Places, also nach Gebäuden, die schon länger leer stehen. Sie verschaffen sich Zutritt, erkunden die Gebäude und machen meistens auch Fotos, die sie hinterher ins Internet stellen. Das ist natürlich nicht ganz ungefährlich. Auf einigen Seiten habe ich Warnungen vor einsturzgefährdeten Häusern, maroden Dächern oder löchrigen Böden gefunden. Urbexen ist nichts für Feiglinge, so viel ist klar. Timo hat eine eigene Homepage, auf der er seine Fotos hochlädt und sich mit anderen Urbexern austauscht. Ansonsten ist mir auf seiner Seite nichts Verdächtiges aufgefallen. Ob ihm tatsächlich beim Urbexen etwas passiert ist?
Morgen Vormittag wollen wir mit David zu Timos WG fahren und sein Zimmer untersuchen. Wir müssen herausfinden, welche Lost Places er sich anschauen wollte, dann können wir dort gezielt nach ihm suchen. Hoffentlich finden wir in der WG einen Anhaltspunkt!

Geheimes Tagebuch von Kim Jülich
Donnerstag, 21:03 Uhr

Weiterlesen strengstens verboten! Wer sich nicht daran hält, muss mit Pablo drei Runden in der prallen Sonne um den Block laufen und bekommt für den Rest des Sommers Eisverbot. Also bleibt cool und lasst die Finger von meinem Tagebuch!
Ob David wirklich in mich verliebt ist? Marie und Franzi sind sich da ziemlich sicher. Ich bin es nicht. David und ich sind nur gute Freunde. Was uns verbindet, ist unsere

Leidenschaft fürs Schreiben. Außerdem ist David echt nett und witzig. Man kann sich prima mit ihm unterhalten. Er ist kein Draufgänger und steht nicht gerne im Mittelpunkt, genau wie ich. Manchmal ist er etwas ungeschickt, doch das finde ich nicht schlimm. Aber Liebe? Nein!
Okay, manchmal schaut mich David so komisch an. Wenn ich ihn frage, was los ist, wird er knallrot und schüttelt den Kopf. Allerdings kriegt er auch sonst ziemlich schnell einen roten Kopf, darum hab ich mir bisher nichts dabei gedacht.
Was soll ich tun? Ihn darauf ansprechen? Nein, das geht nicht. Vielleicht bilde ich mir ja alles nur ein und David ist gar nicht in mich verliebt. Das wäre superpeinlich!
Außerdem ist doch alles gut so, wie es ist. David und ich sind Freunde. Punkt. Wozu die Dinge unnötig verkomplizieren? Gefühle bringen nur Stress und Probleme. Und das Letzte, worauf ich Lust habe, ist Liebeskummer.
Am besten, ich tu einfach so, als würde ich Davids Blicke gar nicht bemerken. Genau, das ist eine gute Idee.
Denn Freundschaft ist tausendmal besser als Liebe. Eindeutig.
Oder?!?!

Seltsame Begegnungen

Am nächsten Morgen war Marie früh wach. Sie rekelte sich wohlig im Bett und genoss die kühle Luft, die durch das gekippte Fenster hereinströmte. In einer halben Stunde war sie mit Holger zum Joggen verabredet. Um diese Uhrzeit waren die Temperaturen noch einigermaßen erträglich, später am Tag wurde es einfach zu heiß für Sport.

Marie sprang aus dem Bett, schlüpfte in ihre Laufklamotten, die sie gestern Abend schon bereitgelegt hatte, machte einen kurzen Abstecher ins Bad und lief leise die Treppe hinunter. Tessa, Lina und Finn schliefen noch. Nur Helmut Grevenbroich rumorte bereits in der Küche. Es duftete nach frischem Kaffee und Toastbrot.

»Guten Morgen, Prinzessin!«, begrüßte Herr Grevenbroich seine Tochter. »Schon wach?«

Marie gab ihrem Vater einen Kuss auf die Wange. »Holger und ich wollen laufen gehen.«

»Sportlich, sportlich!« Helmut Grevenbroich schenkte sich eine Tasse Kaffee ein. »Möchtest du einen Toast?«

Marie schüttelte den Kopf. »Ich frühstücke nach dem Joggen. Hast du heute einen Dreh?«

Ihr Vater nickte. »Vorletzter Drehtag für die neue Staffel der *Vorstadtwache*.«

»Wie läuft es?«, erkundigte sich Marie.

»Ganz gut. Das Team ist perfekt eingespielt und hoch motiviert. Macht richtig Spaß.«

Herr Grevenbroich nippte an seinem Kaffee. Er war Schauspieler und durch seine Rolle als Kommissar Brockmeier in der Vorabendserie *Vorstadtwache* bekannt geworden.

Marie sah auf die Küchenuhr. »Ich muss los. Tschüss, Papa!«

Eine Stunde später kehrte Marie schweißgebadet in die Villa zurück. Sie und Holger hatten eine lange Runde durch den Wald gedreht, was bei dem schönen Wetter absolut traumhaft gewesen war. Zwischendurch hatten sie eine kleine Pause eingelegt und sich unter einer hundertjährigen Buche geküsst. In Maries Bauch prickelte es immer noch, wenn sie daran dachte. Seit sie die schlimme Zeit ihrer Trennung überwunden hatten, waren ihre Gefühle für Holger fast noch stärker als zuvor.

Leise vor sich hin summend lief sie die Treppe hinauf ins Bad. Was sie jetzt brauchte, waren eine ausgiebige Dusche, frische Klamotten und ein leckeres Frühstück. Bis zum Treffen mit Kim und Franzi hatte sie zum Glück noch genügend Zeit.

Während sie sich unter den warmen Strahl der Regendusche stellte, stieß Marie einen tiefen Seufzer aus. »Ferien sind einfach toll!«

Um acht Minuten nach elf erreichte Marie den Treffpunkt vor dem Studentenwohnheim. Kim, Franzi und David waren bereits da. Sie hatten sich in den Schatten eines Kiosks verzogen, denn die Sonne brannte schon wieder unbarmherzig auf das Pflaster.

»Da bist du ja endlich«, sagte Franzi etwas säuerlich. »Kannst du nicht ein Mal pünktlich kommen?«

»Ich bin doch fast pünktlich.« Marie stieg vom Rad, schob es in einen Fahrradständer vor dem Kiosk und schloss ab. »Sag nicht, du regst dich jetzt wegen läppischer acht Minuten auf.«

»Jetzt bist du ja da«, sagte Kim versöhnlich. »Wollen wir reingehen?«

David nickte. »Von mir aus gerne.« Er lächelte Kim zu, was diese jedoch gar nicht zu bemerken schien, weil sie gerade in ihrer Tasche kramte und das Detektivtagebuch herauszog.

Marie fuhr sich durch ihre frisch geföhnten Haare, die der Fahrtwind etwas zerzaust hatte. Das Duschen hätte sie sich sparen können. Sie war vom Radfahren schon wieder fast so verschwitzt wie kurz nach dem Joggen. Zum Glück benutzte sie im Sommer immer wasserfeste Wimperntusche, sodass zumindest ihr Make-up nicht dahinschmelzen konnte.

Die drei !!! und David überquerten die Straße. Das Studentenwohnheim befand sich in einem unscheinbaren Gebäude mit grauer Fassade, das schon bessere Tage gesehen hatte. Die Mauer neben den Briefkästen war mit Graffitis besprüht und das Schloss der Eingangstür war kaputt, wodurch sich die Tür nicht mehr richtig schließen ließ.

Franzi runzelte die Stirn. »Das ist aber gar nicht gut, wenn einfach jeder ins Haus marschieren kann.«

»Das Schloss ist schon seit Jahren kaputt«, sagte David, während er in den Hausflur trat und auf die Treppe zusteuerte. »Genau wie der Aufzug. Timo und sein Mitbewohner Florian wohnen im dritten Stock.«

Auf den untersten Treppenstufen lagen stapelweise Flyer von Pizzabringdiensten, Waschsalons und andere Werbung. Am Schwarzen Brett hingen Zettel mit Wohnungsgesuchen, Jobangeboten und Mitfahrgelegenheiten. Auf der Treppe kamen ihnen zwei Studentinnen entgegen, die sich lautstark über ein Mädchen aus ihrer Arbeitsgruppe aufregten. Aus einer halb geöffneten Wohnungstür drang Heavy-Metal-Musik, hinter einer anderen Tür kreischte und lachte jemand.

»Hier ist ja echt was los«, murmelte Marie.

»Heute ist es noch ruhig, weil viele Studenten in den Ferien weg sind.« David grinste. »Du müsstest es mal im Semester erleben!« Er blieb vor einer Tür im dritten Stock stehen und klingelte.

Kurze Zeit später öffnete ihnen ein untersetzter Typ, der mindestens hundertzwanzig Kilo wog. Er trug seine langen schwarzen Haare als Pferdeschwanz, hatte einen Vollbart und jede Menge Ringe in den Ohren. Auch seine Klamotten waren schwarz.

»Hallo, Flo!«, begrüßte David den Mitbewohner seines Bruders. »Können wir mal kurz in Timos Zimmer? Wir müssten nur kurz etwas nachschauen.«

»Klar, kommt rein.« Flo nickte den drei !!! zu. »Deine Freundinnen?«
»Nein!« David wurde rot. »Kim, Franzi und Marie sind Detektivinnen. Wir suchen nach Timo. Hat er sich inzwischen gemeldet?«
Flo schüttelte den Kopf. »Hab nichts von ihm gehört. Wenn du mich fragst, ist er schon unterwegs nach Frankreich.«
»Wann haben Sie Timo zuletzt gesehen?«, fragte Kim und schlug das Detektivtagebuch auf.
Flo verzog das Gesicht. »Hör bloß auf, mich zu siezen, sonst fühl ich mich älter als mein eigener Opa. Und der ist stolze einundneunzig.« Er grinste, dann legte er die Stirn in Falten. »Lass mich überlegen ... ich glaube, ich hab Timo am Mittwoch zum letzten Mal gesehen. Genau, Mittwochnachmittag.«
»Also vor zwei Tagen.« Kim machte sich eine Notiz. »Um wie viel Uhr ungefähr?«
»Das muss am frühen Nachmittag gewesen sein, so zwischen zwei und drei. Timo hatte irgendeinen dringenden Termin und musste schnell weg.«
»Was für einen Termin?«, hakte Kim nach.
»Hat er nicht gesagt. Er war spät dran und hatte es eilig.«
»Ist in letzter Zeit irgendetwas Auffälliges passiert?«, fragte Marie.
Flo kratzte sich am Kopf. »Was meinst du?«
Marie zuckte mit den Schultern. »Irgendetwas Besonderes, das aus dem Rahmen fällt.«
»Nein, nichts. Timo war wie immer. Er war viel unterwegs,

aber das ist ja normal. Ach, und er hat sich eine neue Kamera gekauft. Auf die war er total stolz.«

David runzelte die Stirn. »Eine Kamera? Davon hat er mir gar nichts erzählt. Woher hatte er denn das Geld?«

»Das hab ich ihn auch gefragt. Eigentlich ist Timo ständig pleite. Aber er hat nur gelacht und irgendwas von einer Geldquelle gefaselt, die er unverhofft aufgetan hat.«

»Weißt du, was er damit gemeint haben könnte?«, fragte Franzi.

»Sorry, da bin ich überfragt.«

Marie zog eine Visitenkarte aus ihrer Umhängetasche und reichte sie Timos Mitbewohner. »Wenn dir noch etwas einfällt, kannst du dich jederzeit bei uns melden.«

Flo griff nach der Karte und warf einen Blick darauf. »Cool, ihr seid ja wirklich Detektivinnen! Ich dachte, das wär'n Scherz.« Er steckte die Karte in die Brusttasche seines schwarzen T-Shirts, das sich über seinem beachtlichen Bauch spannte. »An eurer Stelle würd ich einfach abwarten. Timo taucht

schon wieder auf. Er ist schließlich erwachsen und weiß, was er tut.«
»Wir würden uns trotzdem gern mal in seinem Zimmer umsehen«, sagte Kim.
»Kommt mit.« David führte die Detektivinnen durch den schmalen Flur in das Zimmer rechts neben der WG-Küche. Es war nicht besonders groß, aber hell und freundlich.
»Ganz schön chaotisch hier.« Marie ließ den Blick durch den Raum wandern. Überall lagen Klamotten herum, auf dem ungemachten Bett, dem Sessel und dem Teppich. Der große Schreibtisch vor dem Fenster verschwand fast unter einer Flut von Zetteln, Papieren, Büchern und anderen Unterlagen.
»Mein Bruder war schon immer total unordentlich«, sagte David entschuldigend. »Das hat meine Eltern fast in den Wahnsinn getrieben, als er noch zu Hause gewohnt hat. Flo hat damit zum Glück kein Problem.«
»Fehlt irgendwas?«, fragte Kim. »Wenn Timo ein paar Klamotten eingepackt hätte, wäre das ein wichtiges Indiz.« David seufzte. »Keine Ahnung.« Er ging zum Kleiderschrank in der Ecke und öffnete ihn. Die Fächer waren voller nachlässig hineingestopfter T-Shirts, Hosen, Socken und Pullover. Ein System war nicht zu erkennen. »Das ist zwecklos. Ich kenne zwar Timos Lieblings-T-Shirts, aber in dem Chaos lässt sich unmöglich feststellen, ob er etwas mitgenommen hat.«
Marie betrachtete eine Fotocollage, die über dem Bett an der Wand hing. Es waren überwiegend Schwarz-Weiß-Fotografien, die düster wirkende Häuser, leere Fabrikhallen, Zimmer

mit herabhängenden Tapeten und umgestürzten Möbeln zeigten. »Sind das Bilder von Lost Places?«

David nickte. »Ziemlich abgefahren, oder?«

»Allerdings.« Maries Blick blieb an dem Foto einer alten Puppe hängen. Sie lag auf dem staubigen Boden eines ansonsten leeren Zimmers, ihr Kleid war zerrissen, Arme und Beine verdreht und die Augen blickten starr zur Decke. Aber ihr aufgemalter Mund lächelte immer noch unverdrossen fröhlich. Marie schauderte. Düster war noch untertrieben. Diese Bilder waren echt unheimlich.

»Wie lange ist dein Bruder schon Urbexer?«, erkundigte sich Franzi.

»Er hat vor drei oder vier Jahren damit angefangen«, erzählte David. »Alte Gebäude haben ihn schon immer fasziniert. Die ersten Male hat ihn ein Freund mitgenommen. Dann hat Timo angefangen, selbst nach verlassenen Häusern zu suchen. Inzwischen ist er nicht nur hier in der Stadt, sondern auch im Umland und in anderen Städten unterwegs.«

»Gehst du auch manchmal mit?«, fragte Kim.

»Nein, das ist mir zu gruselig.« David wurde rot. »Hoffentlich hältst du mich jetzt nicht für einen Feigling. Ihr begebt euch als Detektivinnen wahrscheinlich ständig in Gefahr, oder?«

»So aufregend sind die Ermittlungen oft gar nicht«, wiegelte Kim ab. »Zum Beispiel, wenn wir stundenlang das Haus eines Verdächtigen beobachten, ohne dass etwas passiert. Das ist todlangweilig.«

Marie zückte ihr Handy und machte ein paar Fotos von der Collage über dem Bett. Dann ging sie zum Schreibtisch und schob die Papiere hin und her. Sie wühlte nicht gern in den Sachen anderer Leute, aber wenn sie Timo finden wollten, hatten sie keine andere Wahl. »Was ist das?« Sie zog ein Blatt unter einem Stapel Zeitschriften hervor. Das Papier war vergilbt und die schnörkelige Schrift leicht verblichen und absolut unleserlich. »Sieht aus wie ein alter Brief.«

»Zeig mal.« David schüttelte den Kopf. »Den hab ich noch nie gesehen. Keine Ahnung, wo Timo den aufgetrieben hat. Vielleicht hat das irgendwas mit seinem Studium zu tun.«

Marie versuchte, die Schrift zu entziffern, gab es aber bald wieder auf. Sicherheitshalber machte sie ein Foto von dem Brief und legte ihn zurück auf den Schreibtisch. Dabei fiel eine kleine Karte auf den Boden. Marie hob sie auf. Es war eine Visitenkarte. *»Antiquariat Moder«*, las sie halblaut vor. *»An- und Verkauf von Büchern, Ansichtskarten, Comics, Grafiken, Landkarten und Erstausgaben.«*

Franzi lachte. »Der Name passt ja super! Modrige Bücher im *Antiquariat Moder.*«

»Interessiert sich Timo für alte Bücher?«, fragte Kim.

David zuckte mit den Schultern. »Nicht dass ich wüsste. Davon hat er mir noch nie etwas erzählt. «

Marie drehte die Karte um. »Hier steht noch was! *Mittwoch, 15.00 Uhr.*«

Datum und Uhrzeit waren mit Kugelschreiber auf die Rückseite der Karte gekritzelt.

»Das ist Timos Schrift«, stellte David fest, der Marie über die Schulter geschaut hatte.
»Bist du sicher?«, fragte Marie.
David nickte. »Ganz sicher! Niemand hat so eine Sauklaue wie mein Bruder. Wie er damit Lehrer werden will, ist mir ein Rätsel. Seine armen Schüler können einem jetzt schon leidtun.«
»Mittwoch?« Kim blätterte in ihrem Detektivtagebuch. »Das ist doch der Tag, an dem Timo verschwunden ist! Flo hat ihn zuletzt am Mittwoch zwischen zwei und drei gesehen, als er zu einem dringenden Termin musste.« Sie zeigte auf die Visitenkarte in Maries Hand. »Könnte das der Termin gewesen sein?«
»Möglich wäre es.« Franzi runzelte nachdenklich die Stirn. »Dann wäre der Antiquar der Letzte, der Timo vor seinem Verschwinden gesprochen hat.«
»Was könnte Timo dort gewollt haben?«, fragte Kim.
David schüttelte hilflos den Kopf. »Keine Ahnung. Langsam hab ich das Gefühl, ich weiß gar nichts von meinem Bruder. Dabei dachte ich immer, wir wären nicht nur Brüder, sondern auch Freunde.«
»Das seid ihr auch.« Kim legte tröstend die Hand auf Davids Arm. »Trotzdem kann man nie alles von einem Menschen wissen. Jeder hat seine Geheimnisse.«
»Du auch?« David sah Kim so intensiv an, dass Marie es zwischen den beiden fast knistern hörte.
Kim zog die Hand zurück. »Um mich geht es doch jetzt gar nicht.«

»Nein, natürlich nicht ...«, murmelte David, während ihm die Röte ins Gesicht kroch.
»Auf jeden Fall sollten wir diesen Herrn Moder mal in seinem Laden besuchen«, sagte Marie schnell, um die Situation zu entschärfen.
»Gute Idee«, pflichtete ihr Franzi bei.
David warf einen Blick auf seine Armbanduhr. »Sorry, aber ich muss gleich los. Meine Schicht fängt in einer halben Stunde an.«
»Jobbst du in den Ferien?«, fragte Marie.
David nickte. »Ich arbeite halbtags in einem Schnellimbiss in der Innenstadt. *Burger & Co.*«
»Cool«, sagte Franzi.
»Nicht wirklich.« David verzog das Gesicht. »Es sei denn, du stehst drauf, stundenlang im Dunst fettiger Pommes zu stehen und hinterher wie eine geröstete Bratwurst zu riechen.«
Franzi lachte. »Klingt nicht besonders verlockend.«
Kim hatte den Laptop auf dem Schreibtisch entdeckt. »Können wir noch schnell an Timos Computer?«
David zögerte. »Ich weiß nicht ... Timo wird stinksauer, wenn er rauskriegt, dass wir an seinem Laptop waren.«
»So was macht man ja normalerweise auch nicht«, gab Marie zu. »Aber dies ist ein Notfall! Wenn wir Timo finden wollen, müssen wir so viele Informationen wie möglich sammeln.«
»Genau.« Franzi nickte. »Vielleicht gibt es auf dem Laptop ja irgendwo eine Datei mit Lost Places, die er noch besuchen wollte. Das würde uns enorm weiterhelfen.«

David seufzte. »Okay, wenn's unbedingt sein muss.«

»Prima! Danke!« Kim setzte sich auf den Schreibtischstuhl, zog den Laptop zu sich heran, klappte ihn auf und fuhr das Gerät hoch. »Kennst du das Passwort?«

David seufzte noch einmal. »Blubb_2006_RIP«, murmelte er. Es fiel ihm sichtlich schwer, das Passwort seines Bruders preiszugeben.

»Blubb?«, fragte Kim, während sie die Buchstaben-und-Zahlen-Kombination eingab. »Wer oder was ist das?«

»Blubb war Timos Goldfisch«, erklärte David. »Er ist 2006 gestorben. Timo war damals untröstlich, er hat Blubb total geliebt. R.I.P. istdie Abkürzung für *Rest in Peace.*«

»*Ruhe in Frieden*«, übersetzte Kim. »Sehr passend.« Sie klickte sich durch ein paar Dateien auf dem Desktop. »Hier ist eine Datei, die heißt *Fotos neu.*« Kim öffnete den Ordner. Er enthielt etwa zwanzig Fotos von Lost Places, die alle ähnlich düster waren wie die Bilder an der Wand. »Die Fotos sind von letzter Woche«, stellte Kim fest. »Offenbar hat Timo sie noch nicht auf seine Homepage hochgeladen.« Sie ging die Bilder im Schnelldurchlauf durch. »Am besten, ich schau sie mir zu Hause in Ruhe an. Vielleicht ist ja etwas drauf, das uns weiterhilft.« Sie zog einen USB-Stick aus der Hosentasche, steckte ihn in den Laptop und speicherte die Fotos.

»Was ist das denn?« Marie zeigte auf eine Videodatei ganz rechts unten auf dem Desktop, die Timo *Seltsame Begegnungen* genannt hatte.

»Das werden wir gleich sehen.« Kim klickte auf die Datei.

Es schien ein Handyvideo zu sein, das in einem leeren Gebäude aufgenommen worden war. Drei Jungs kamen ins Bild. Sie trugen dunkle Kapuzenpullover, Jeans und Turnschuhe. Marie schätzte sie auf siebzehn oder achtzehn. Zwei von ihnen hatten sich die Kapuzen über den Kopf gezogen, sodass man ihre Gesichter nicht sehen konnte. Der dritte hatte kurze blonde Haare, eine breite Boxernase und ein blasses Gesicht mit vielen Sommersprossen.

»Was machen die da?«, flüsterte Franzi so leise, als könnten die Jungs sie hören.

Kim drückte auf die Vollbild-Taste, und das Bild wurde größer. »Verdammt! Seht euch das an!«

Spuren über Spuren

Marie kniff die Augen zusammen, um besser erkennen zu können, was der blonde Junge in der Hand hielt.
»Das sind Geldscheine!«, rief Franzi. »Ein ganzes Bündel!«
Kim nickte. »Hunderteuroscheine, glaub ich.«
»So viele?« Marie beobachtete, wie der Blonde die Scheine zwischen sich und seinen Freunden aufteilte. »Das müssen ja ein paar tausend Euro sein!«
Völlig unvermittelt sprang einer der Jungs auf und rief etwas. Er sah genau in die Kamera, runzelte die Stirn und ging entschlossen auf das Objektiv zu.
»Sie haben gemerkt, dass sie gefilmt werden!« Marie hielt den Atem an. Ihr Herz schlug schneller. Es war fast, als wäre sie selbst in dem leeren Gebäude und der Typ mit der Kapuze würde sie direkt anstarren.
Das Bild wackelte und stand plötzlich auf dem Kopf, bevor das Video abrupt endete. Eine Weile sagte niemand etwas. Alle starrten auf den schwarzen Bildschirm.
»Hat Timo das Video aufgenommen?«, fragte David heiser.

Kim klickte die Informationen zu der Datei an und nickte. »Sieht so aus, als hätte er mit seinem Smartphone gefilmt.«

»Was, wenn die Kerle ihn geschnappt haben?« Marie fröstelte bei dem Gedanken daran. Die drei Jungs hatten alles andere als freundlich gewirkt.

Kim schüttelte den Kopf. »Das glaub ich nicht. Timo hat das Video schon vor einer Woche aufgenommen, also lange vor seinem Verschwinden.«

»Mal angenommen, die drei haben irgendetwas Kriminelles gemacht und dabei das Geld erbeutet«, überlegte Franzi laut. »Sie ziehen sich in ein leer stehendes Gebäude zurück, um die Beute unter sich aufzuteilen …«

»… und werden dabei von Timo überrascht, der auch gerade in dem Lost Place unterwegs ist, um Fotos zu machen«, spann Kim den Faden weiter. »Timo filmt die Jungs, die Typen entdecken und verfolgen ihn, aber Timo kann ihnen entwischen.«

»Meint ihr, die drei haben ihm aufgelauert, damit er sie nicht bei der Polizei anzeigt?«, fragte David.

»Möglich wäre es«, sagte Kim vorsichtig. »Aber wir sollten keine voreiligen Schlüsse ziehen. Vielleicht war auch alles ganz anders.«

»Das ist auf jeden Fall eine Spur«, stellte Franzi fest.

Kim speicherte das Video auf ihrem Stick und wollte den Laptop gerade herunterfahren, als eine Nachricht auf dem Bildschirm aufploppte. »Eine neue Mail!« Reflexartig klickte Kim darauf. Marie, die ihr über die Schulter sah, überflog den kurzen Text.

Mensch, Timo, warum gehst du nicht an dein verdammtes Handy? Ich versuch schon seit Tagen, dich zu erreichen. Meld dich gefälligst endlich! Wenn du glaubst, mit deinem armseligen Bestechungsversuch ist die Sache aus der Welt, hast du dich geschnitten!
Gilbert

»Wer ist dieser Gilbert?«, fragte Kim. »Kennst du ihn?«
David nickte. »Gilbert ist ein Freund von Timo. Die beiden gehen oft zusammen urbexen.«
»Besonders freundlich klingt die Mail ja nicht«, stellte Franzi fest. »Eher so, als hätten Timo und Gilbert Streit gehabt.«
David zuckte mit den Schultern. »Davon weiß ich nichts.«
Marie las die Nachricht noch einmal etwas genauer. »Was meint er mit dem ›armseligen Bestechungsversuch‹?«
»Keine Ahnung.« David fuhr sich ratlos durch seine hellbraunen Haare. »Ich bin echt total verwirrt. Am liebsten würde ich Timo sofort fragen, was das alles zu bedeuten hat.«
»Wir werden ihn finden«, sagte Marie beruhigend. »Dann kann er uns alles erklären.«
David seufzte. »Sorry, Leute, aber ich muss jetzt echt los. Mein Chef hasst es, wenn man zu spät kommt.«
»Kein Problem.« Kim fuhr den Laptop herunter. »Wir sind hier sowieso fertig.« Sie steckte den Stick ein und stand auf.
Bevor sie aus dem Zimmer ging, ließ Marie ihren Blick noch einmal über das ungemachte Bett, den vollgestopften Kleiderschrank und den chaotischen Schreibtisch wandern, als

könnten die Möbel ihr verraten, wo sich ihr Besitzer gerade aufhielt. Irgendwo musste Timo schließlich sein! Aber das Zimmer hüllte sich in Schweigen. Wenn sie wissen wollten, was geschehen war, mussten sie Timos Geheimnis selbst lüften.

»Drei *LICKs* bitte!«, rief Franzi, als sie ins *Café Lomo* kamen. »Ich brauche jetzt unbedingt eine Abkühlung.«

Die Detektivinnen durchquerten ihr Lieblingscafé und betraten den Innenhof. Marie steuerte einen freien Tisch im Schatten des großen Sonnensegels an und ließ sich auf einen Stuhl fallen.

»Ist das wieder eine Hitze heute! Fast noch schlimmer als gestern.« Sie zog ein blütenweißes Taschentuch hervor und tupfte sich den Schweiß von der Stirn. Die Luft im Hof des *Lomo* war so heiß wie in einem Backofen. Es ging kein Lüftchen. Das Sonnensegel hing schlaff herunter und selbst die Palmen in den großen Kübeln, die tropische Temperaturen doch eigentlich gewohnt sein mussten, ließen ihre spitzen Blätter hängen.

Die Detektivinnen hatten beschlossen, sich im *Lomo* eine kleine Erfrischung zu gönnen und dabei die weiteren Ermittlungsschritte zu besprechen.

»Hier kommen eure *LICKs*!« Sabrina, eine der Kellnerinnen, schlängelte sich zwischen den Tischen hindurch. »Dreimal *Lomo Iced Choc Kick*. Lasst es euch schmecken!« Sie stellte die hohen Gläser auf den Tisch. Die kalte Schokolade mit Vanilleeis und weißen Schokoraspeln gab es nur im Sommer. Sie war das perfekte Getränk an heißen Tagen wie heute.

»Danke! Das ging aber schnell.« Marie schob sich ihre Sonnenbrille ins Haar und rührte mit einem langen Löffel in ihrem Glas.
Kim nippte an ihrer Eisschokolade. »Herrlich! Das ist jetzt genau das Richtige.« Sie griff nach dem kleinen herzförmigen Keks, der auf der Untertasse lag, und steckte ihn in den Mund.
»Übrigens hab ich gestern mit Opa Herbert telefoniert«, erzählte Marie.
»Und?«, fragte Franzi. »Was hat er gesagt?«
»Er hat mich gebeten, ein gutes Wort für ihn bei Oma Agnes einzulegen. Er vermisst sie total und würde alles tun, damit sie zu ihm zurückkehrt.«
»Warum kommt er nicht einfach vorbei und redet selbst mit ihr?«, fragte Kim. »Das wäre doch das Einfachste, oder?«
»Ich glaube, er traut sich nicht.« Marie trank nachdenklich einen Schluck von ihrem *LICK*. »Er hat Angst, zurückgewiesen zu werden. Oma Agnes kann ja manchmal ziemlich ruppig sein. Außerdem ist sie extrem nachtragend.«
»Was hast du ihm geraten?«, erkundigte sich Franzi.
»Ich hab ihm vorgeschlagen, Oma Agnes einen großen Blumenstrauß und eine Karte mit einem romantischen Spruch zu schicken.«
»Der Klassiker also.« Kim grinste.
Marie stellte ihr Glas zurück auf den Tisch und nickte Kim nachdenklich zu. »Die Blumenstrauß-Strategie ist zwar wirklich nicht wahnsinnig originell, dafür aber altbewährt und oft erprobt.«

»Und du glaubst wirklich, Oma Agnes lässt sich mit ein paar Blümchen um den Finger wickeln?«, fragte Franzi skeptisch.
»Wir werden sehen.« Marie lehnte sich zurück. »Phase eins der ›Aktion Amor‹ ist jedenfalls erfolgreich angelaufen.«
»Was ist denn Phase zwei?«, wollte Kim wissen.
»Weiß ich noch nicht. Das entscheide ich spontan, je nachdem, wie Phase eins verläuft.«
Kim lachte. »Hört sich nach einem durchdachten Plan an.«
»Apropos«, sagte Franzi, »wir brauchen dringend einen Plan für unseren neuen Fall.«
Marie nickte. »Stimmt, die Spurenlage ist ziemlich unübersichtlich.«
»Besser zu viele Spuren als zu wenig«, stellte Kim fest. Sie zog ihr Detektivtagebuch aus der Tasche, schlug es auf und überflog ihre Notizen. »Wir sollten uns unbedingt das Video noch mal in Ruhe anschauen und auswerten. Das können wir gleich machen, ich hab meinen Laptop dabei.«
»Prima!« Marie schlug die Beine übereinander. »Was ist mit diesem Gilbert? Der scheint ja ziemlich sauer auf Timo zu sein.«
»Du meinst, er könnte etwas mit seinem Verschwinden zu tun haben?«, fragte Franzi.
»Warum nicht?« Marie zuckte mit den Schultern. »Auf jeden Fall sollten wir mit ihm reden und herausfinden, worum es bei dem Streit ging.«
»Außerdem gibt es noch den Antiquar, bei dem Timo einen Termin hatte, kurz bevor er verschwunden ist«, sagte Franzi.

»Und die mysteriöse Geldquelle, die er angeblich aufgetan hat«, fügte Marie hinzu. »Woher hatte er plötzlich das Geld für eine neue Kamera?«

»Was, wenn Timo einfach in irgendeinem leer stehenden Gebäude verunglückt ist?« Kim biss sich auf die Unterlippe. »Dann können wir lange suchen. Ohne konkreten Anhaltspunkt hätten wir keine Chance, ihn zu finden. Vielleicht sollten wir doch lieber die Polizei einschalten …«

»Es bringt nichts, jetzt schon vom Schlimmsten auszugehen«, sagte Franzi. »Vorher sollten wir alle anderen Spuren abhaken.«

»Stimmt.« Marie nickte. »Lasst uns zuerst das Video analysieren. Das ist die heißeste Spur.«

Kim holte den Laptop aus dem Rucksack und fuhr ihn hoch. Sie schloss ihren Stick an, öffnete das Video und startete den Film.

Wieder waren die drei Jungs mit den Kapuzenpullovern zu sehen, doch dieses Mal konzentrierte sich Marie auf den Hintergrund. Bei einem Schwenk durch den Raum sah sie einen schmutzigen Fußboden und verstaubte Fenster mit zum Teil kaputten Scheiben. Ein paar verrostete Maschinen ragten weiter hinten aus dem Halbdunkel auf. »Sieht aus wie eine alte Fabrikhalle«, stellte Marie fest.

Franzi nickte. »Wo könnte das sein?«

Kim machte sich eine Notiz. »Das recherchiere ich später im Internet. Vielleicht finde ich ja irgendwo Informationen über verlassene Fabriken in der Stadt.«

Das Video endete abrupt und Kim spielte es gleich noch einmal ab.

»Mach mal den Ton lauter«, bat Marie. »Ich würde gern wissen, was die drei reden.«

Kim regelte die Lautstärke hoch, aber das leise Gemurmel der Jungs blieb trotzdem größtenteils unverständlich. Nur ab und zu waren einzelne Satzfetzen zu hören.

»... hat sich ja richtig gelohnt heute!«

»... voll eins auf die Mütze ...«

»... haben sich vor Angst fast in die Hose ...«

»... nachher noch zu *Charly*? Das muss gefeiert werden!«

Als das Video zu Ende war, starrte Marie nachdenklich auf den Bildschirm.

»Das klingt auf jeden Fall kriminell«, stellte Franzi fest.

Kim nickte. »Ob die drei jemanden überfallen und ausgeraubt haben?«

»Dann müsste dieser Jemand aber ziemlich viel Bargeld dabeigehabt haben«, erwiderte Franzi.

»Wartet mal!« Marie zog ihr Handy hervor und ging ins Internet. »Ich hab da doch letztens was gelesen ...« Sie suchte eine Weile im Onlinearchiv der *Neuen Zeitung*. Schließlich wurde sie fündig. »Da ist es! *Tankstellenräuber schlagen wieder zu.*« Sie hielt ihren Freundinnen den Artikel hin, den sie vor einigen Tagen in der Zeitung gelesen hatte. Es ging darin um eine Jugendbande, die in den letzten Monaten mehrere Tankstellen in der Stadt überfallen und ausgeraubt hatte.

»*Es handelt sich vermutlich um drei jugendliche Täter*«, las

Kim halblaut vor. »*Bisher konnten sie jedes Mal unerkannt entkommen. Hinweise bitte an Kommissar Peters von der örtlichen Kriminalpolizei.*«
»Drei jugendliche Täter – das passt!«, rief Franzi aufgeregt.
»In dem Artikel steht, dass der letzte Überfall vergangenen Freitagabend stattgefunden hat«, sagte Marie.
»Moment!« Kim tippte auf der Laptoptastatur herum. »Das Handyvideo wurde auch am Freitagabend aufgenommen!«
Maries Herzschlag beschleunigte sich. Waren sie einer Bande von Tankstellenräubern auf der Spur?
»Die drei Typen haben erst die Tankstelle überfallen und sind dann in die alte Fabrik gegangen, um ungestört ihre Beute aufteilen zu können«, sagte Kim.
»Dabei ist ihnen Timo in die Quere gekommen«, fuhr Franzi fort. »Er hat sie gefilmt und wurde entdeckt. Erst konnte er abhauen, aber später haben sie ihn irgendwie aufgespürt.«
»Ob er sich mit den Jungs angelegt hat?«, überlegte Marie.
»Auf jeden Fall sind sie höchst verdächtig«, stellte Kim fest. »Wir müssen die drei so schnell wie möglich finden.«
»Aber wie?«, fragte Franzi.
»Wir könnten Kommissar Peters anrufen«, schlug Kim vor. »Vielleicht ist er mit seinen Ermittlungen ja inzwischen weitergekommen und hat einen Tipp für uns.«
Der Kommissar war ein guter Freund der Detektivinnen. Ab und zu arbeiteten sie zusammen und im Notfall konnten sie sich immer auf ihn verlassen.
Marie runzelte die Stirn. »Vergiss es. Der Kommissar verrät

uns bestimmt keine Ermittlungsdetails. Dazu ist er viel zu diskret.«
»Stimmt«, meinte Franzi. »Wahrscheinlich hält er uns bloß wieder eine Predigt über die Gefahren der Detektivarbeit und sagt, wir sollen die Sache der Polizei überlassen.«
»Dann müssen wir die drei Typen eben selbst finden.« Kim trank noch einen Schluck von ihrem *LICK*. »Haben die in dem Video nicht gerade einen Namen erwähnt?« Sie spielte den Film ein drittes Mal ab.
Marie spitzte die Ohren. »Tatsächlich! Sie reden von einem gewissen Charly, zu dem sie noch gehen wollen, um zu feiern.«
»Wahrscheinlich ist dieser Charly irgendein Kumpel von ihnen«, vermutete Franzi. »Wenn wir alle Charlys der Stadt abklappern wollen, sind wir damit in drei Jahren noch nicht fertig.«
»Moment mal …« Marie hatte plötzlich eine Idee. »Was, wenn Charly gar keine Person ist, sondern ein Ort?«
»Vielleicht ein Café oder eine Kneipe? Das haben wir gleich!« Kim begann sofort, eifrig auf ihrem Laptop herumzutippen.
»Du hast recht! Es gibt ein Billardcafé in der Innenstadt, das *Charly's* heißt. Ob die Jungs das gemeint haben?«
»Gut möglich«, sagte Franzi. »Bei den vielen Spuren teilen wir uns am besten auf. Wenn Timo wirklich etwas passiert ist, müssen wir ihn so schnell wie möglich finden.«
Marie nickte. »Genau, wir dürfen keine Zeit verlieren.« Sie trank ihre Eisschokolade aus. »Ich fahre zum *Charly's*.«
»Ich besuche den Antiquar«, sagte Kim.

»Dann rede ich mit diesem Gilbert«, beschloss Franzi.

Marie winkte Sabrina, um zu zahlen. Fünf Minuten später radelten die Detektivinnen in verschiedene Richtungen davon.

Zeugenbefragungen

Das *Charly's* lag in einer Seitenstraße der Fußgängerzone. Als Marie das Billardcafé betrat, brauchten ihre Augen einen Moment, um sich nach dem grellen Sonnenschein an das Dämmerlicht in der Kneipe zu gewöhnen. Sie schob ihre Sonnenbrille ins Haar und sah sich um. In dem großen Raum standen mehrere Billardtische, von denen jetzt am frühen Nachmittag kein einziger besetzt war. Auch an den kleinen Bistrotischen saß niemand. An der Rückseite des Raums befand sich eine lange Theke, hinter der ein Mann stand und etwas gelangweilt Gläser polierte, während er den Sommerhit des Jahres mitpfiff, der gerade aus den Boxen an der Decke dudelte.

Marie ging zur Theke. »Hallo!« Sie lächelte dem Barkeeper zu. »Ist ja nicht besonders viel los hier.«

»Nee, is' noch zu früh.« Der Mann stellte das polierte Glas ins Regal und nahm sich das nächste vor. Er musterte Marie von oben bis unten. »Bist du nicht etwas zu jung, um tagsüber in Kneipen rumzuhängen? Oder interessierst du dich für Billard?

Bei uns trainieren mehrere Vereine, die sind immer auf der Suche nach Nachwuchstalenten.«
Marie unterdrückte ein Frösteln. Die Klimaanlage war voll aufgedreht und die kalte Luft strich über ihren Nacken. Sie holte ein geblümtes Seidentuch aus ihrer Tasche und schlang es sich um den Hals. »Ehrlich gesagt hab ich keine Ahnung von Billard«, gab sie zu. »Ich suche jemanden.« Sie hielt dem Mann ihr Smartphone hin. Auf dem Display war der blonde Junge mit der Boxernase zu sehen. Kim hatte einen Screenshot aus dem Video vergrößert und Marie geschickt. Das Bild war etwas unscharf, aber ein besseres hatten sie nicht. »Kennen Sie den?«
Der Barkeeper warf einen kurzen Blick auf das Display und schüttelte den Kopf. »Nö.«
»Sind Sie sicher?«
»Klar! Den hab ich noch nie gesehen.«
Marie legte das Handy auf die Theke. Ihr Gefühl sagte ihr, dass der Mann log. Er hatte etwas zu schnell geantwortet, ohne sich das Foto richtig anzuschauen. Wollte er den Jungen schützen? Wie konnte sie ihm die Wahrheit entlocken? Marie dachte blitzschnell nach.
»Schade.« Sie machte ein trauriges Gesicht. Jetzt kamen ihr wieder einmal die vielen Schauspielstunden zugute, die sie in den letzten Jahren genommen hatte. Ihr Traum war es, später in die Fußstapfen ihres Vaters zu treten und Schauspielerin zu werden. Oder Sängerin, da wollte sie sich noch nicht festlegen.
»Wieso?«, fragte der Mann hinter der Theke. »Was willst du denn von dem?«

Marie unterdrückte ein Grinsen, um nicht aus der Rolle zu fallen. Innerlich jubelte sie. Ihre Strategie ging auf! Der Barkeeper war neugierig geworden.

»Ich will ihn einfach nur kennenlernen.« Marie seufzte.

»Das heißt, du kennst ihn noch gar nicht?«

»Nicht wirklich. Ich hab ihn letztens auf einer Party getroffen. Ich fand ihn sofort toll, hab mich aber nicht getraut, ihn anzusprechen. Hinterher hab ich's total bereut.«

»Schöner Mist«, sagte der Barkeeper mitfühlend.

»Allerdings.« Marie schaffte es sogar, Tränen in ihre Augen zu zaubern, indem sie intensiv an Oma Agnes' superscharfes Chili dachte (natürlich *sin Carne* und mit Bio-Bohnen aus fairem Anbau), das sie neulich zum Weinen gebracht hatte. Sie schniefte leise. »Ich hab nur dieses verwackelte Handy-Foto von ihm, sonst nichts. Dabei wären wir das absolute Traumpaar, das weiß ich einfach!«

Der Mann hinter der Theke nickte. »Ja, ja, so ist das mit der Liebe. Kann einen echt fertigmachen. Glaub mir, ich weiß, wovon ich rede.«

»Jedenfalls meinte eine Freundin von mir, der Typ wäre öfter hier im *Charly's*«, fuhr Marie fort, bevor der Barkeeper anfing, von seinem eigenen Liebeskummer zu erzählen. »Das ist meine letzte Chance! Wenn ich ihn hier nicht finde, kann ich nur noch eine Anzeige in die Zeitung setzen.«

»*Traumprinz gesucht,* was?« Der Mann lachte heiser. »Zeig noch mal her, das Foto.« Er zog Maries Handy zu sich heran, sah auf das Display und kratzte sich nachdenklich an seinem stoppeligen Kinn. »Hm ... ich bin mir nicht ganz sicher ... aber das könnte glatt Kai sein.«

»Kai?«, fragte Marie. »Und weiter?«

»Seinen Nachnamen kenn ich nicht. Aber er kommt regelmäßig mit seinen Kumpels zum Billardspielen her.« Er zwinkerte Marie verschwörerisch zu. »Versuch's doch heute Abend noch mal, so ab sechs. Da könntest du Glück haben.«

Marie schenkte dem Barkeeper ein strahlendes Lächeln. »Super! Danke für die Info, das ist echt nett von Ihnen.«

»Keine Ursache. Aber wenn ihr heiratet, werde ich Trauzeuge, okay?«

Marie lachte. »Versprochen!« Sie steckte das Handy ein, verabschiedete sich und verließ zufrieden die Kneipe. Draußen blinzelte sie in das gleißende Licht des frühen Nachmittags und setzte schnell ihre Sonnenbrille auf. Ihr Auftritt war ein voller Erfolg gewesen. Sie hatte genau die Informationen bekommen, die sie sich erhofft hatte. Mit etwas Glück konnten sie die Tankstellenräuber bald der Polizei übergeben.

Franzi saß auf einem roten Küchenstuhl und nippte an einem Glas Leitungswasser.

»Du bist Detektivin?« Gilbert betrachtete erstaunt die Visitenkarte, die sie ihm in die Hand gedrückt hatte. »Und du suchst nach Timo?«

Franzi nickte. »Genau. David, Timos Bruder, hat uns um Hilfe gebeten. Timo ist seit Mittwochnachmittag verschwunden.«

Gilbert schnaubte verächtlich. »Von wegen! Der hat sich bestimmt irgendwo verkrochen und wartet, bis sich die Wogen geglättet haben. Um den würde ich mir echt keine Sorgen machen.«
»David macht sich aber Sorgen«, erklärte Franzi geduldig. Sie ließ Gilbert nicht aus den Augen. Timos Freund war vielleicht Mitte zwanzig, ein sportlicher Typ mit kurzen dunklen Haaren und gebräuntem Gesicht. Er sah aus, als würde er sich viel im Freien aufhalten. Dabei hatte sich Franzi Urbexer irgendwie als blasse Gestalten vorgestellt, die bei Nacht und Nebel in dunklen Gebäuden herumschlichen und nur selten das Sonnenlicht sahen. Offenbar hatte sie völlig falsche Vorstellungen gehabt.
Gilbert lehnte sich mit dem Rücken gegen die Spüle, in der sich schmutziges Geschirr stapelte. Er wohnte in einer kleinen Zweizimmerwohnung. Allein, soweit Franzi das beurteilen konnte. Die Adresse hatte Kim im Handumdrehen herausbekommen, ein Anruf bei David hatte genügt. »David ist ein netter Junge, aber er hat keine Ahnung, was sein großer Bruder so alles treibt.« Gilbert schnaubte verächtlich.
Franzi erinnerte sich, dass David eine ähnliche Bemerkung gemacht hatte. »Was treibt er denn?«
Gilbert schüttelte langsam den Kopf. »Das kann ich dir nicht sagen.«
»Timo ist verschwunden und wir versuchen, ihn zu finden«, sagte Franzi eindringlich. »Vielleicht ist ihm etwas passiert oder er steckt in Schwierigkeiten.«

Gilbert lachte auf. »Das würde mich ganz und gar nicht wundern!«

Franzi hatte genug von seinen dunklen Andeutungen. Es wurde Zeit, endlich Klartext zu reden. »Warum habt ihr euch gestritten?«

»Wir? Gestritten?« Gilbert versuchte, überrascht zu wirken, was ihm aber nicht besonders gut gelang. »Wie kommst du denn darauf?«

Franzi seufzte. »Du hast Timo eine Mail geschrieben, die ziemlich wütend klang. Worum ging es bei eurem Streit? Und was hast du mit dem Bestechungsversuch gemeint, den Timo angeblich unternommen hat?«

»Timo wird euch umbringen, wenn er rauskriegt, dass ihr an seinem Laptop wart«, stellte Gilbert fest.

»Ich schätze, er wird eher froh sein, weil wir nach ihm gesucht haben«, sagte Franzi, obwohl sie sich da keineswegs sicher war. »Offenbar sind wir und David die Einzigen, die sich Sorgen um ihn machen.«

Gilbert schien mit sich zu ringen, dann schüttelte er den Kopf. »Über unseren Streit kann ich dir nichts sagen.«

»Weißt du, für welche Lost Places Timo sich in letzter Zeit interessiert hat?«, fragte Franzi weiter. »Gab es ein bestimmtes Gebäude, in das er einbrechen wollte?«

»Keine Ahnung. Außerdem brechen Urbexer nirgendwo ein. Das widerspricht unserem Kodex.«

»Was für ein Kodex?«

»*Nimm nichts mit außer Fotos und lass nichts zurück außer*

Fußspuren«, zitierte Gilbert. »Urbexer machen nichts kaputt, verändern nichts und stehlen nichts. Sie lassen die Lost Places so zurück, wie sie sie vorgefunden haben. Wir brechen auch keine Türen auf, um in ein Gebäude zu gelangen, sondern nutzen offene Türen oder Fenster.«

»Spannend. Sehen das alle so?«

»Fast alle«, räumte Gilbert ein. Ein Schatten zog über sein Gesicht. »Die Szene wird immer größer und unübersichtlicher. Wie überall gibt es auch bei uns schwarze Schafe. Darum werden auch keine Adressen von Lost Places weitergegeben. Wenn ein Ort zu bekannt wird, kommen irgendwann die Randalierer oder Leute, die dort Party machen wollen. Denen ist es egal, wenn was kaputtgeht. Uns nicht.«

Franzi hatte interessiert zugehört. »Hat sich Timo immer an diese Regeln gehalten?«

»Timo ist nicht der Typ, der sich gerne Vorschriften machen lässt. Er spielt lieber nach seinen eigenen Regeln.«

»Was heißt das genau? Hattet ihr Streit, weil Timo den Urbexer-Kodex verletzt hat?«

»Hör mal, ich hab echt keine Zeit mehr für deine Fragen.« Gilbert stieß sich von der Spüle ab. »Am besten, du gehst jetzt.«

Franzi blieb sitzen und trank langsam ihr Glas aus, während sie versuchte, ihre Gedanken zu sortieren. Hatte sie einen wunden Punkt getroffen? Wenn sie mehr erfahren wollte, musste sie dranbleiben. Aber wie?

»Guten Tag, kann ich etwas für dich tun?«
Kim zuckte zusammen. Sie hatte die junge Frau, die hinter einem Regal hockte und Bücher einsortierte, gar nicht bemerkt. Kein Wunder, das *Antiquariat Moder* war zwar nicht besonders groß, dafür aber bis in den letzten Winkel vollgestopft mit Büchern. Die Regale an den Wänden reichten bis unter die Decke und in der Mitte des Raumes standen Tische voller Bücherstapel. Einige der Türme waren so hoch, dass man befürchten musste, sie könnten beim geringsten Luftzug umfallen.
»Äh – danke«, sagte Kim. »Ich wollte eigentlich mit Herrn Moder sprechen. Ist er da?«
Die Frau schüttelte den Kopf. »Leider nicht. Worum geht es denn? Ich bin zwar nur die Aushilfe, aber vielleicht kann ich dir ja trotzdem helfen.«
Erst jetzt sah Kim, dass die Frau eigentlich noch ein Mädchen war. Sie war etwas älter als die drei !!!, vielleicht achtzehn oder neunzehn, hatte lange braune Haare und ein schmales Gesicht.
Kim zog ein Foto von Timo hervor, das David ihr überlassen hatte. »Kennst du diesen Mann?«
Das Mädchen betrachtete das Foto mit zusammengekniffenen Augen. »Ich bin mir nicht sicher. Möglicherweise war er vor ein paar Tagen hier im Laden. Warum willst du das wissen?«
Kim beschloss, die Wahrheit zu sagen. »Timo ist verschwunden. Sein Bruder macht sich große Sorgen und wir helfen ihm bei der Suche. Timo hatte letzten Mittwoch einen Termin mit Herrn Moder, und ich würde gerne wissen, worum es dabei ging.«

»Stimmt, jetzt erinnere ich mich!« Die Aushilfe nickte lebhaft. Sie stand auf und klopfte sich den Staub von der Jeans. »Der Typ hatte Streit mit dem Chef.«
»Streit?«, fragte Kim. »Warum?«
»Das weiß ich nicht. Ich hab im Lager Bücher eingeräumt und nur die lauten Stimmen aus dem Laden gehört. Ich glaube, es ging um Geld.«
»Konntest du sonst noch was verstehen?«
»Leider nicht.« Das Mädchen zuckte bedauernd mit den Schultern. »Der Typ war echt sauer. Er schrie immer wieder: ›Ich will mehr Geld!‹ «
»Wofür?«
»Keine Ahnung. Vielleicht für irgendwelche alten Bücher. Die Leute machen sich oft falsche Hoffnungen. Denken, sie hätten eine wertvolle Erstausgabe auf dem Dachboden gefunden, dabei ist es nur ein billiger Nachdruck.«
»Du scheinst dich ja auszukennen«, meinte Kim.
»Nein, eigentlich nicht. Ich mach das hier ja nur als Nebenjob. Aber mit der Zeit kriegt man trotzdem das eine oder andere mit.«
Kim nickte langsam. »Hat er das Geld bekommen?«
»Ich glaub nicht. Irgendwann kam Freddi, der Sohn vom alten Moder, und hat ihn rausgeschmissen.«
»Okay, danke.« Kim steckte das Foto ein. »Du hast mir sehr geholfen.«
»Gern geschehen.« Das Mädchen nickte Kim noch einmal zu, bevor es sich wieder der Bücherkiste zu seinen Füßen widmete.

Nachdenklich verließ Kim den Laden. Timo hatte sich mit dem Antiquar gestritten, weil er mehr Geld haben wollte. Warum? Und wofür? Dieser Fall wurde immer verworrener ...

Marie stellte gerade ihr Rad vor dem Antiquariat ab, als Kim aus der Tür kam.

»Hey, Kim!« Marie winkte ihrer Freundin zu. »Wie war's? Hast du was rausbekommen?«

Kim blieb neben Maries Fahrrad stehen. »Herr Moder war nicht da«, berichtete sie. »Aber die Aushilfe hat von einem Streit zwischen Timo und dem Antiquar erzählt. Letzten Mittwoch. Timo wollte mehr Geld.«

»Wofür?«

Kim zuckte mit den Schultern. »Das wusste sie nicht. Komisch, oder?«

Marie nickte. »Allerdings. Mein Besuch in der Billardkneipe war übrigens ein Volltreffer.« Sie berichtete kurz, was sie erfahren hatte. »Wir müssen unbedingt heute Abend noch mal ins *Charly's* und die Jungs beobachten. Das ist eine ganz heiße Spur!«

»Sicher.« Kim seufzte. »Trotzdem wüsste ich gern, was für Geschäfte Timo mit dem Antiquar gemacht hat.«

»Vielleicht hat er ihm etwas verkauft«, überlegte Marie. »Ein altes Buch oder so was.« Sie nickte zum Schaufenster, in dem ein paar verstaubte Kinderbücher und mehrere zerfledderte Comichefte lagen. Es war Marie ein Rätsel, wieso Leute für diesen alten Kram Geld bezahlten.

Kims Blick fiel auf die Comics. Sie runzelte die Stirn und wühlte plötzlich hektisch in ihrem Rucksack.

»Was ist los?«, fragte Marie.

»Mir ist gerade etwas eingefallen.« Kim zog ihr Notebook heraus. »Komm mit!«

Wertvolle Hefte

Kim zog Marie zu einer Bank auf der anderen Straßenseite, ließ sich darauf nieder und klappte ihren Laptop auf.
»Was soll das werden?«, fragte Marie.
»Die Fotos!« Hastig gab Kim ihr Passwort ein.
»Welche Fotos?« Marie verstand kein Wort.
»Die Fotos von Timos Laptop. Erinnerst du dich? Ich hab sie auf meinen Stick überspielt.«
»Was ist damit?«
»Warte, ich zeig's dir gleich.« Kim öffnete den Ordner und klickte sich durch die Bilder. »Das sind Aufnahmen von einem Lost Place. Wahrscheinlich der letzte, den Timo vor seinem Verschwinden besucht hat.«
Marie betrachtete die Fotos. Sie zeigten leere Hallen, deren Wände mit Graffitis beschmiert waren. Es wirkte alles ziemlich düster. »Könnte eine alte Fabrik sein. He, warte mal!« Marie starrte konzentriert auf den Bildschirm. »Geh noch mal ein Bild zurück. Das sieht so ähnlich aus wie in dem Video, findest du nicht?« Auf dem Foto waren verrostete Maschinen zu

sehen, die in einer dämmrigen Halle mit zerborstenen Fenstern aufragten.
Kim nickte. »Stimmt. Es könnte dieselbe Fabrik sein. Aber ich meine noch etwas anderes.« Sie klickte weiter. Ein Foto zeigte einen kaputten Stuhl in einem Raum, der früher ein Büro gewesen sein musste. Auf dem nächsten war ein verstaubter Schreibtisch zu sehen. »Ha! Ich wusste es!«, rief Kim triumphierend. Sie drehte den Laptop zu Marie.
Auf dem letzten Bild war der Schreibtisch in Großaufnahme abgebildet. Die Schublade war geöffnet. Darin lagen vergilbte Papiere und ein altes Micky-Maus-Heft. Die Aufnahme war gestochen scharf. Man konnte sogar die einzelnen Fäden der Spinnweben und den Mäusedreck in der Schublade sehen.
»Ein Comicheft«, stellte Marie überflüssigerweise fest. Ihr war immer noch nicht klar, worauf Kim hinauswollte.
»Bingo!« Kim zeigte zum Antiquariat. »Genau so ein Heft liegt dort drüben im Schaufenster.«
Marie hatte sich die Auslage im Schaufenster gar nicht so genau angesehen. Nie im Leben hätte sie einen Zusammenhang zwischen dem Heft und dem Foto von Timos Computer hergestellt. »Du hast wirklich eine außergewöhnliche Beobachtungsgabe«, sagte sie bewundernd.
»Ach, na ja.« Kim winkte bescheiden ab. »Ich hab nur eins und eins zusammengezählt.«
Marie betrachtete noch einmal das Foto. Das Comicheft hatte ein blaues Cover, auf dem Micky und Goofy in einem rotgelben Flugzeug saßen und im Sturzflug zur Erde rasten.

»Glaubst du, Timo hat das Comicheft an den Antiquar verkauft?«
»Möglich wäre es.« Kim steckte den Laptop wieder in ihren Rucksack. Sie stand auf und ging zurück zum Laden.
Marie folgte ihr. Das Heft im Schaufenster sah tatsächlich genauso aus wie das auf dem Foto. »Wobei es wahrscheinlich eine ganze Menge von diesen Comics gibt, oder? Es ist also nicht gesagt, dass die beiden Hefte identisch sind.«
»Nein, hundertprozentig sicher ist es nicht«, gab Kim zu. »Aber ich glaube nicht an Zufälle. Es muss eine Verbindung zwischen dem Antiquariat und Timo geben. Und das Micky-Maus-Heft könnte diese Verbindung sein.«
»Du meinst, Timo hat den Comic beim Urbexen in einem leer stehenden Gebäude gefunden und mitgenommen?«
Kim nickte. »Wäre doch möglich,oder? Anschließend hat er das Heft an Herrn Moder verkauft.« Sie marschierte zur Ladentür. »Wir müssen noch mal rein und die Aushilfe nach dem Comic fragen.«
Marie folgte Kim in den Buchladen. Es war, als würde sie eine andere Welt betreten. Eine Welt, in der es moderne Errungenschaften wie Internet oder E-Books noch nicht gab. Dafür endlos viele Bücher. Alte und verstaubte mit abgegriffenen Einbänden. Neuere mit bunten Covern. Ein ganz eigenes Universum aus Staub und Büchern. Wie viele Buchstaben mochten in diesem Raum versammelt sein? Wahrscheinlich war die Zahl zu hoch, um von einem menschlichen Gehirn erfasst werden zu können.

»Hallo, ich hab noch eine Frage.« Kim ging direkt zu einem Regal, hinter dem Marie erst jetzt ein Mädchen mit braunen Haaren entdeckte. Das musste die Aushilfe sein.
»Kein Problem. Was gibt's denn?«
»Ich interessiere mich für das Comicheft im Schaufenster«, erklärte Kim. »Das Micky-Maus-Heft mit dem blauen Cover.«
Die Aushilfe strich sich eine Haarsträhne hinter das Ohr. »Du kennst dich aus, was? Das Heft ist eine echte Rarität. Mein Chef hat es erst kürzlich gekauft. Er war total aus dem Häuschen, weil es eine Erstausgabe des allerersten Micky-Maus-Hefts in Deutschland von 1951 ist.«
»Was heißt das?«, fragte Marie. »Ist so ein Heft viel wert?«
»Normalerweise schon. Aber dieses Exemplar ist in einem schlechten Zustand. Es hat Eselsohren und einen Riss im Cover. Darum bringt es nicht so viel wie ein gut erhaltenes Heft.«
»Interessant«, murmelte Kim. »Weißt du zufällig noch, wer euch das Heft verkauft hat?«
Die Aushilfe schüttelte den Kopf. »Sorry, an dem Tag hatte ich frei. Herr Moder hat mir erst am nächsten Tag davon erzählt. Ich weiß nur, dass er achthundert Euro für das Heft gezahlt hat.«
Marie schnappte nach Luft. »So viel? Für ein altes, zerfleddertes Comicheft?«
Das Mädchen grinste. »Verrückt, oder?« In einem Hinterzimmer klingelte das Telefon. »Tut mir leid, da muss ich rangehen.«

Kim und Marie verabschiedeten sich und verließen den Laden. Als sie wieder auf der Straße standen, zog Kim das Detektivtagebuch aus ihrem Rucksack und machte sich ein paar Notizen.
»Sieht ganz so aus, als hätte Timo dem Antiquar das Comicheft tatsächlich verkauft«, stellte Marie fest.
Kim nickte. »Ja, es passt alles zusammen: das Foto auf seinem Laptop, der plötzliche Geldsegen und die Visitenkarte auf seinem Schreibtisch. Bleiben nur zwei Fragen: Wo genau hat Timo das Heft gefunden? Und warum hat er sich mit dem Antiquar gestritten? Möglicherweise liegt in den Antworten auf diese Fragen der Schlüssel zu Timos Verschwinden.«
»Ob Gilbert mehr darüber weiß?«, überlegte Marie. »Schließlich ist er ein guter Freund von Timo. Eventuell hat Timo ihm etwas über seine Geschäfte mit Herrn Moder erzählt.«
»Gute Idee!« Kim steckte das Detektivtagebuch ein und zückte ihr Handy. »Ich schreib eine Nachricht an Franzi, dann kann sie Gilbert ein bisschen auf den Zahn fühlen.«

Franzi rutschte unruhig auf dem Küchenstuhl hin und her. Das Wasserglas vor ihr auf dem Tisch war längst leer. In der letzten Viertelstunde hatte sie mit allen Mitteln versucht, Gilbert noch mehr Informationen zu entlocken, aber es war ihr nicht gelungen. Er blockte total ab.
»Mehr kann ich dir wirklich nicht sagen.« Sein Gesicht war verschlossen, der Blick aus seinen dunklen Augen hart. »Geh jetzt bitte. Ich hab noch zu tun.«
Franzi seufzte. Es hatte keinen Zweck. Heute würde sie nichts

mehr aus ihm herausbekommen. Sie wollte gerade aufstehen, als das Handy in ihrer Hosentasche vibrierte. Franzi zog das Telefon hervor und las die neue Nachricht.

Frag Gilbert nach dem Micky-Maus-Heft!

Franzi runzelte die Stirn. Was für ein Micky-Maus-Heft? Sie hatte keine Ahnung, was Kim meinte, aber ihre Freundin würde schon ihre Gründe haben.

Franzi schaute Gilbert entschlossen an. »Eine Frage noch, dann bin ich weg.« Sie holte tief Luft. »Was ist eigentlich mit dem Micky-Maus-Heft?«

»Wie bitte?« Gilbert wurde blass. Er ließ sich auf einen Stuhl fallen, als wären seine Knie plötzlich weich geworden.

»Na ja ... das Micky-Maus-Heft«, wiederholte Franzi und versuchte so zu klingen, als wüsste sie genau, wovon sie sprach. »Was ist damit?«

Gilbert schluckte. »Woher weißt du davon?«

»Das ist doch jetzt egal«, sagte Franzi. »Erzähl mir einfach, was es damit auf sich hat.«

Sie begann zu schwitzen. Würde Gilbert auf den Bluff hereinfallen? Wenn er merkte, dass sie eigentlich völlig ahnungslos war, hatte sie schlechte Karten. Dann würde er keinen Ton mehr sagen.

Aber Gilbert schien völlig in seine eigenen Gedanken versunken zu sein. Er achtete gar nicht mehr auf Franzi. Bis er schließlich mit einem tiefen Seufzer den Kopf hob und zu

reden begann. »Dieses verdammte Comicheft! Timo hat es beim Urbexen gefunden und einfach mitgenommen.«
Franzi schaltete sofort. »Obwohl das gegen den Kodex verstößt?«
Gilbert nickte. »Ich sagte ja schon, dass er sich gerne seine eigenen Regeln macht. Ich war stinksauer, als er mir davon erzählt hat.«
»Du warst also nicht dabei?«
»Nein, sonst hätte ich ihn davon abgehalten. Man darf an einem Lost Place nichts stehlen, aber das war Timo egal. Er wollte das Heft trotzdem zu Geld machen. Er hatte sich im Internet informiert und wusste, dass alte Comichefte viel wert sein können.«
»Deshalb habt ihr euch also gestritten«, sagte Franzi.
»Ich hab Timo die Meinung gesagt, aber er war stur wie ein Esel. Er meinte, es würde doch keinem wehtun, wenn er das Heft vertickt, weil sich für den alten Kram sowieso niemand mehr interessiert. Danach war eine Weile Funkstille. Ich hab nichts mehr von Timo gesehen oder gehört und mich auch nicht bei ihm gemeldet. Bis gestern.«
»Was ist passiert?«
Gilbert schnaubte verächtlich. »Er wollte mich bestechen!«
»Hat er dir Geld geboten?«, fragte Franzi.
Gilbert schüttelte den Kopf. »Nein, er hat mir von einem Internetversand ein Paket schicken lassen. Mit einem nagelneuen Objektiv für meine Kamera.«
»Ist so was nicht ziemlich teuer?«

»Und ob! Mein altes Objektiv ist mir vor einer Weile beim Urbexen in einem verlassenen Hotel runtergefallen. Das Teil war leider total hinüber. Timo wusste natürlich davon. Aber wenn er denkt, er kann sich auf diese Weise mit mir versöhnen, hat er sich geschnitten. Ich lasse mich nicht bestechen!«

»Deshalb hast du ihm die E-Mail geschickt.«

»Erst hab ich versucht, ihn auf dem Handy zu erreichen, aber das war ausgeschaltet.« Gilbert zuckte mit den Schultern. »Keine Ahnung, wo er sich rumtreibt. Vielleicht ist er unterwegs, um neue Lost Places auszukundschaften. Oder er ist schon in den Urlaub gestartet und will einfach seine Ruhe haben.«

»Du glaubst also nicht, dass ihm etwas passiert ist?«, hakte Franzi nach.

Gilbert schüttelte den Kopf. »Timo hat sich bestimmt irgendwo verkrochen und wartet, bis Gras über die Sache gewachsen ist. Er ist total konfliktscheu. Wenn's Ärger gibt, haut er lieber ab.«

»Okay, danke.« Franzi stand auf.

»Wenn du Timo auftreibst, sag ihm, er soll sich bei mir melden«, bat Gilbert. »Ich fänd's gut, wenn wir uns aussprechen. Er bringt mich zwar manchmal auf die Palme, aber er ist trotzdem einer meiner ältesten Freunde.«

Franzi lächelte. »Ich werd's ihm ausrichten.«

Marie und Kim waren zu Gilberts Adresse geradelt und warteten vor dem Haus.

»Ob Franzi etwas herausgefunden hat?« Kim kaute nervös auf ihrer Unterlippe.
»Da ist sie ja!« Marie winkte Franzi zu, die gerade aus der Tür trat.
Franzi winkte zurück. »Ihr glaubt nicht, was ich erfahren habe!« Bevor sie weiterreden konnte, klingelte Maries Handy.
»Mist!« Marie angelte das Telefon aus ihrer Umhängetasche. »Eine unbekannte Nummer.« Sie drückte auf die grüne Taste. »Hallo?«
»Hey, hier ist Flo«, sagte eine Männerstimme.
»Wer?«
»Flo! Der Mitbewohner von Timo. Ihr wart heute Vormittag in unserer WG.«
»Ja, klar, jetzt erinnere ich mich. Was gibt's denn? Hat sich Timo bei dir gemeldet?«
»Nein, es ist etwas anderes passiert.« Flo stockte kurz. »Bei uns wurde eingebrochen!«

Einbrecher gesucht!

Eine Viertelstunde später liefen die drei !!! die Treppe zu Timos und Flos Wohnung hinauf. Sie hatten sich nach Flos Anruf sofort auf den Weg zum Studentenwohnheim gemacht und die Zeit genutzt, um sich gegenseitig auf den neusten Ermittlungsstand zu bringen.

Die Tür zur WG stand offen.

»Hallo?«, rief Marie und blieb auf der Türschwelle stehen.

»Da seid ihr ja!« Flo kam aus der Küche. »Das ging aber fix.« Er biss in ein Käsebrot und kaute genüsslich. Der Einbruch schien ihn nicht sonderlich aus der Ruhe zu bringen. »Sorry, aber ich hatte noch kein Mittagessen.«

»Was ist denn genau passiert?«, fragte Franzi.

»Als ich vorhin beim Einkaufen war, hat jemand die Wohnungstür aufgebrochen.« Flo zeigte auf die Tür, deren Schloss beschädigt war. »War bestimmt nicht besonders schwer. Das Schloss ist uralt.«

Kim streifte sich dünne Plastikhandschuhe über, die die Detektivinnen immer bei sich trugen, und untersuchte den

Schließmechanismus. »Besonders einbruchssicher ist die Tür tatsächlich nicht«, bestätigte sie. »Man braucht kein Profi zu sein, um so ein einfaches Schloss zu knacken.«
»Ich seh schon, ihr kennt euch aus.« Flo nickte anerkennend und nahm noch einen Bissen von seinem Brot. Die vielen Ringe in seinen Ohren klirrten leise beim Kauen.
»Wie lange warst du denn weg?«, fragte Marie.
Flo überlegte. »Eine halbe Stunde vielleicht. Wie gesagt, ich war nur kurz beim Supermarkt und hab fürs Wochenende eingekauft.«
»Hast du schon die Polizei informiert?«, fragte Franzi.
»Nö, noch nicht.« Er zog eine Grimasse. »Ich bin ein paarmal beim Schwarzfahren erwischt worden, seitdem geh ich Polizisten lieber aus dem Weg.«
»Wir sollten die Tür auf Fingerabdrücke untersuchen«, sagte Kim. »Ist etwas gestohlen worden?«
»Glaub nicht. Timos Zimmer wurde durchwühlt. Schwer zu sagen, obwas fehlt.«
Marie runzelte die Stirn. »Der Einbrecher hat sich nur für Timos Zimmer interessiert?«
Flo nickte. »Ich frag mich sowieso, was der hier wollte. Bei uns gibt's doch nichts zu holen.«
»Dürfen wir kurz in Timos Zimmer?«, fragte Franzi.
»Klar. Ich bin in der Küche, falls ihr Hilfe braucht.« Flo stopfte sich den Rest seines Käsebrots in den Mund und verschwand in der Küche.
»Oje!« Marie blieb auf der Schwelle zu Timos Zimmer stehen.

Es sah aus, als wäre ein Tornado hindurchgefegt. Die Schranktüren standen sperrangelweit auf und alle Klamotten waren aus den Fächern gerissen worden. Jemand hatte die Matratze vom Bett gezogen, den Nachttisch umgeworfen, sämtliche Schubladen aus der Kommode gezogen und die Papiere auf dem Schreibtisch durchwühlt. Dabei waren viele Blätter auf dem Boden gelandet.

»Es war bestimmt kein Zufall, dass der Einbrecher nur in Timos Zimmer war«, sagte Franzi. »Er hat hier ganz gezielt etwas gesucht.«

»Aber was?«, fragte Kim. »Und hat er es gefunden?«

Marie zog sich ebenfalls Gummihandschuhe an, um keine Fingerabdrücke zu hinterlassen. Sie sah sich um. »Der Laptop ist noch da.« Sie hob ein paar Papiere vom Boden auf. Darunter lag die Visitenkarte des Antiquars. Marie hielt nach dem alten Brief Ausschau, konnte ihn aber nirgendwo entdecken. »Wo ist der Brief?«

»Was für ein Brief?«, fragte Kim.

»Heute Vormittag lag hier ein alter Brief«, erklärte Marie. »Er ist mir aufgefallen, weil das Papier total vergilbt und die Schrift absolut unleserlich war. Als wäre er mindestens hundert Jahre alt.« Sie zog ihr Handy hervor. »Einen Moment, ich hab ihn fotografiert.«

»Zeig mal.« Franzi warf einen Blick auf das Display. »Okay, dann suchen wir jetzt nach dem Brief.«

Die drei !!! suchten systematisch das ganze Zimmer ab. Marie ging die Papiere unter und auf dem Schreibtisch durch, Kim wühlte sich durch die Klamottenhaufen und Franzi nahm sich das Bett und den Nachttisch vor.

»Nichts!« Marie hatte alle Unterlagen säuberlich auf einen Stapel gelegt.

»Seltsam.« Kim runzelte die Stirn. »Der Einbrecher muss den Brief mitgenommen haben.«

»Warum sollte er einen alten Brief stehlen?«, wunderte sich Franzi. »Der Laptop ist bestimmt viel mehr wert, aber den hat er stehen lassen.«

»Zeig noch mal das Foto von dem Brief«, bat Kim. »Ich würde gern wissen, was drinsteht.«

Marie reichte Kim ihr Smartphone. »Glaub mir, aus dem Gekritzel wirst du garantiert nicht schlau.«

Kim starrte mit konzentriertem Gesichtsausdruck auf das Display. »Das ist kein Gekritzel, sondern Sütterlin.«

»Was ist das denn?«, fragte Franzi. »Eine Geheimschrift?«

Kim schüttelte den Kopf. »Nein, eine alte Schreibschrift, die 1911 von einem gewissen Ludwig Sütterlin entwickelt wurde. Früher haben alle Kinder in der Schule die Sütterlinschrift gelernt.«

Marie schüttelte halb amüsiert, halb beeindruckt den Kopf. »Woher weißt du so was? Das ist doch nicht normal!«

Kim grinste. »Ich hab vor ein paar Wochen im Deutschunterricht ein Referat über alte Schriften gehalten.«

»Ach so.« Marie grinste auch. »Dann bin ich beruhigt. Ich dachte schon, wir müssten uns Sorgen um dich machen, weil du dich freiwillig mit völlig absurden Themen beschäftigst.«

»So absurd ist das gar nicht«, verteidigte sich Kim. »Ich interessiere mich nun mal für Codes und Geheimschriften. Diese alten Schreibschriften sind ziemlich spannend.«
Franzi verzog das Gesicht. »Nee, danke, das ist nichts für mich. Kannst du das denn lesen?«
»Warte mal ...« Kim vergrößerte einen Ausschnitt des Briefs. »Also, rechts oben steht eine Jahreszahl. Der Brief wurde 1951 geschrieben.«
»Wahnsinn!« Marie stieß einen leisen Pfiff aus. »Das heißt, er ist über 65 Jahre alt!«
»Das hier müsste die Adresse des Empfängers sein. Es ist ein gewisser Friedrich Mauer, wenn ich das richtig entziffere. Er hat hier in unserer Stadt gewohnt, in der Leibnizstraße 55.«
»Spannend!« Franzi sah Kim über die Schulter.
Kim starrte auf die krakeligen Buchstaben und bewegte lautlos die Lippen. »Ich hab's!« Sie lächelte triumphierend. »Also, ich zitiere: *Mein lieber kleiner Cousin, anbei nebst meinen besten Wünschen und Grüßen ein neues Heftchen für deine Sammlung. Pass nur gut auf, dass dein Vater es nicht zu sehen bekommt! Du weißt, er mag es nicht, wenn du solchen ›Schund‹ liest. Verstecke es also gut vor seinem strengen Blick. Ich hoffe, wir sehen uns bald einmal wieder. Schreib mir gern zurück, ich freue mich immer über Post von dir. Mit den allerbesten Grüßen, dein treuer Cousin Carl.*«
Die Worte klangen einen Augenblick in Maries Kopf nach, bis es plötzlich klick machte. »Der Brief und das Comicheft gehören zusammen!«, rief sie aufgeregt.

Kim ließ das Handy sinken. »Wahrscheinlich hat Timo beides in dem alten Schreibtisch gefunden. In der Schublade lagen ja außer dem Comicheft noch ein paar Papiere.«

»Das Micky-Maus-Heft hat also einem Jungen namens Friedrich Mauer gehört«, fasste Franzi zusammen. »Er hat es wahrscheinlich von seinem Cousin Carl geschenkt bekommen.«

»Dieser Friedrich war offenbar begeisterter Comic-Fan«, fuhr Marie fort. »Aber er konnte sich die Hefte nicht selbst kaufen, weil sein Vater ihm verboten hatte, sie zu lesen. Also hat sein Cousin ihm heimlich welche geschickt. Eigentlich sehr nett von ihm.«

»Stimmt.« Franzi nickte. »Aber warum wollte der Vater nicht, dass sein Sohn Comics liest?«

»Früher waren Comics bei Erwachsenen oft als Schundliteratur verpönt«, erklärte Kim. »Die Kinder sollten lieber etwas Anständiges lesen.«

»Seltsam«, sagte Marie. »Zum Glück ist das heute nicht mehr so und jeder kann lesen, was er will.«

»Friedrichs Comicsammlung könnte heute ein Vermögen wert sein«, sagte Kim nachdenklich.

»Du meinst, der Einbrecher hatte es auf Friedrichs Comics abgesehen?«, fragte Marie. »Aber wer könnte der Täter sein?«

»Die große Frage ist: Wem hat Timo von seinem Fund erzählt?« Kim machte ein nachdenkliches Gesicht.

»Gilbert!«, rief Franzi. Im nächsten Moment schüttelte sie den Kopf. »Nein, er hat ein bombensicheres Alibi: mich!«

»Stimmt, Gilbert war zur Zeit des Einbruchs mit dir zu-

sammen.« Marie überlegte. »Was ist mit dem Antiquar? Er wusste auch von dem Micky-Maus-Heft.«
»Du meinst, Herr Moder ist hier eingebrochen, um nach weiteren Comics zu suchen?« Kim fuhr sich durch die Haare. »Auszuschließen ist das nicht. Es könnte aber auch ein anderer Urbexer gewesen sein. Vielleicht hat Timo vor seinen Freunden mit seinem Fund geprahlt.«
Franzi trat ungeduldig von einem Fuß auf den anderen. »Uns läuft die Zeit davon. Lasst uns endlich etwas tun!«
»Wir gehen jetzt auf Spurensuche«, beschloss Kim.
Die Detektivinnen legten sofort los. Marie und Franzi stellten Timos Zimmer noch einmal auf den Kopf, während Kim die Wohnungstür auf Fingerabdrücke untersuchte.
Marie kroch unter den Schreibtisch, fand dort aber nur Staubflusen. »Hier ist nichts«, stellte sie enttäuscht fest.
»Was ist das?« Franzi hob einen kleinen Gegenstand auf, der unter das Bett gerollt war.
»Zeig mal.« Marie sprang auf und war mit zwei Schritten bei Franzi. Das Fundstück auf dem Handteller ihrer Freundin war klein, rund und glänzte silbern. »Könnte ein Knopf sein. Oder eine Niete von einem Gürtel oder einer Jacke. Ob der Täter sie verloren hat?«
»Vielleicht.« Franzi zuckte mit den Schultern. »Sie könnte aber genauso gut schon ewig unter dem Bett liegen.«
»Steck sie sicherheitshalber ein«, riet Marie.
Franzi zog einen kleinen Plastikbeutel aus ihrer Hosentasche, ließ die Niete hineinfallen und schloss den Beutel sorgfältig.

Etwas später hatten Marie und Franzi das restliche Zimmer durchkämmt, aber keine weiteren Indizien gefunden. Auch Kims Spurensuche war erfolglos gewesen.
»Kein einziger Fingerabdruck?«, fragte Marie verblüfft. »Wie kann das sein?«
»Entweder sämtliche Bewohner und Besucher dieser Wohnung tragen rund um die Uhr Handschuhe oder der Täter hat die Tür und das Schloss sorgfältig abgewischt, bevor er sich aus dem Staub gemacht hat.« Kim setzte ihren Rucksack auf. »Ich tippe auf Letzteres.«
Marie grinste. »Super kombiniert!« Sie zuckte mit den Schultern. »Ich schätze, wir sind hier fertig.«
»Und was machen wir jetzt?«, fragte Franzi.
Marie sah auf die Uhr. »Bis unsere drei Verdächtigen im *Charly's* auftauchen, haben wir noch etwas Zeit. Sollen wir vorher zu der Adresse fahren, die auf dem Brief stand?«
»Du meinst die Adresse von Friedrich Mauer?«
Kim nickte. »Gute Idee! Auf in die Leibnizstraße 55!«

Leibnizstraße 55

»Seid ihr sicher, dass die Adresse stimmt?«, fragte Kim skeptisch und stieg vom Rad.

Marie blickte auf ihr Smartphone. »Ganz sicher! Mein Routenplaner irrt sich nie.« Sie steckte das Handy weg und sah sich um.

Die Leibnizstraße lag am östlichen Stadtrand, nicht weit vom Ostviertel, in dem Marie wohnte. Trotzdem sah es hier völlig anders aus als in der gepflegten Villengegend. Die Fahrbahn war uneben und mehrfach geflickt. Einen Radweg gab es nicht. Rechts und links von der Straße befanden sich brachliegende Grundstücke, ein heruntergekommenes Mehrfamilienhaus mit geschlossenen Jalousien, eine alte Tankstelle und eine verrammelte Autowerkstatt.

Nummer 55 lag laut Maries Routenplaner hinter einem hohen, von Rost zerfressenen Maschendrahtzaun.

»Das ist doch kein Wohnhaus!« Franzi ging auf den Zaun zu.

»Nein, sieht eher aus wie eine alte Fabrik.« Marie trat durch das weit geöffnete Tor auf den Hof. Zwischen den unebenen

Steinplatten wuchsen dicke Grasbüschel. Das mehrstöckige Backsteingebäude ragte düster in den blauen Nachmittagshimmel. Die meisten Fensterscheiben waren kaputt und die Fassade war voller Graffiti.

»Ich kann mir nicht vorstellen, dass Friedrich Mauer hier gewohnt hat«, sagte Franzi. »Vielleicht hast du die Adresse falsch gelesen, Kim.«

»Nein, hat sie nicht!« Marie hatte etwas entdeckt. Sie deutete auf die Fassade der alten Fabrik. Dort stand in leicht verblichenen Buchstaben ein Schriftzug.

»*Spinnerei Eduard Mauer & Sohn*«, las Kim vor. »Bingo! Wir sind doch richtig.«

Franzi runzelte die Stirn. »Ich kapier das nicht. Wer ist Eduard Mauer? Und was hat er mit unserem Fall zu tun?«

»Die Spinnerei muss Friedrichs Familie gehört haben«, erklärte Kim. »Wahrscheinlich war Eduard Mauer sein Vater oder Großvater.« Sie zeigte auf die Fassade. »Schaut mal, dort!«

Marie musste zweimal hinsehen, bis sie erkannte, was Kim meinte. Über dem Eingang zur Werkshalle prangte ein Wappen, das zwei überkreuzte Spindeln zeigte. »Was ist damit?«

»Dieses Wappen war auf einem von Timos Fotos. Er ist also auch hier gewesen!«

»Ob er den Brief und das Comicheft in der alten Spinnerei gefunden hat?« Maries Herzschlag beschleunigte sich. Sie waren auf der richtigen Spur, das spürte sie. Vielleicht war Timo ja sogar ganz in der Nähe. Vielleicht war er noch mal her-

gekommen, um nach weiteren Comics zu suchen, hatte sich verletzt und wartete darauf, dass endlich jemand kam und ihn rettete. »Wir müssen rein und nach Timo suchen!«
Kim blickte an der Fassade des alten Gebäudes empor. »Aber ... ist das nicht verboten? Wenn uns jemand beobachtet, könnten wir wegen Hausfriedensbruchs angezeigt werden.«
»Wer soll uns denn beobachten?«, fragte Franzi. »Hier ist niemand. Einen Wachdienst gibt es bestimmt auch nicht, so verfallen, wie die alte Spinnerei ist.«
»Also gut.« Kim sah zwar immer noch etwas ängstlich aus, doch sie nickte langsam. »Ich bin dabei.«
Die drei !!! überquerten den ungepflegten Hof. Das Tor zur Fabrikhalle war geschlossen.
Marie rüttelte daran, ohne Erfolg. »Hier kommen wir nicht rein. Das Tor ist garantiert schon seit Jahrzehnten festgerostet.«
»Dahinten ist eine Tür!« Franzi lief voraus und drückte auf die Klinke. »Ich glaub's nicht, die ist tatsächlich offen!«
Marie schüttelte fassungslos den Kopf. »Ich hätte nicht gedacht, dass es so einfach ist. Wieso schließen die denn nicht ab?«
»Wahrscheinlich kümmert sich niemand mehr um das Gebäude«, vermutete Kim. Sie sah sich rasch noch einmal um. »Also los, bringen wir's hinter uns.«
Durch die Tür gelangten sie in einen schmalen Flur, der in die Fabrikhalle führte. Einige Fenster waren zugemauert, bei anderen fehlten die Scheiben. In den wenigen Sonnenstrahlen, die

in das Dämmerlicht der Halle fielen, tanzten Staubkörner. Der Boden war schmutzig und überall lagen Glassplitter, zerborstene Holzbalken, Steine und Müll herum. Weiter hinten standen seltsame Maschinen mit großen Metallrädern, die wie Folterinstrumente aus einem Horrorfilm aussahen.

Marie bekam eine Gänsehaut. »Ganz schön unheimlich hier.« Sie flüsterte unwillkürlich.

Franzi nickte. »Wie lange die Fabrik wohl schon leer steht?« Vorsichtig stieg sie über einen Holzbalken hinweg.

»Bestimmt seit ein paar Jahrzehnten«, vermutete Kim. »Sonst wäre das Gebäude nicht so verfallen.« Sie zeigte auf die metallenen Räder. »Sind das nicht die Maschinen aus dem Video?«

Franzi nickte. »Also haben sich die drei Typen hier in der alten Spinnerei getroffen, um ihre Beute aufzuteilen.«

Marie ging zur Wand, auf der ein großflächiges Graffito prangte. Unter den Sohlen ihrer Plateau-Sandalen knirschten Glassplitter. »Passt auf, hier sind Scherben!« Plötzlich nahm sie eine Bewegung aus den Augenwinkeln wahr. Ihr Herz machte einen Satz und sie fuhr herum.

»Wer ist da?«, rief Kim.

Hektisches Flattern ertönte und eine Taube flog im hinteren Teil der Halle auf. Sie drehte eine Runde unter dem hohen Dach der Fabrikhalle und ließ sich auf einem Dachbalken nieder, wo sie sich aufplusterte und vorwurfsvoll gurrte.

Marie atmete auf. »Verdammt, hab ich einen Schreck gekriegt!«

»Und ich erst.« Franzi schnaufte erleichtert.
»Am besten, wir suchen das Gebäude systematisch ab«, schlug Kim vor. »Je eher wir hier rauskommen, desto besser.«
»Sollen wir uns aufteilen?«, fragte Franzi.
Doch niemand hatte Lust, allein durch die verlassene Fabrik zu laufen, weshalb sie schließlich gemeinsam loszogen.
Es gab noch zwei weitere Fabrikhallen, aber abgesehen von viel Staub, Schmutz und Müll, den vorherige Besucher zurückgelassen hatten, waren sie leer. Durch eine Stahltür gelangten sie in einen anderen Gebäudeteil mit kleineren Räumen.
»Das waren bestimmt die Büros.« Marie zeigte auf einen umgekippten Schreibtischstuhl, der in einem Zimmer auf dem schmutzigen Boden lag. Das Fenster hatte keine Scheibe mehr und von draußen wuchsen die Zweige einer Birke herein.
»Also sind wir in der Verwaltung der alten Spinnerei«, stellte Kim fest.
Sie wanderten von Büro zu Büro, sahen sich um, ohne etwas anzufassen, und Marie machte ab und zu ein Foto mit ihrem Handy. Manche Räume waren völlig kahl, in anderen standen noch leere Regale, verstaubte Schreibtische oder Schränke, aus denen längst vergessene Akten herausgerissen worden waren.
»Hier waren schon einige Chaoten unterwegs und haben randaliert.« Marie zückte ihr Handy und knipste eine verrostete Schreibmaschine, der fast alle Tasten fehlten.
»Was ist das?« Franzi blieb wie angewurzelt auf der Türschwelle zum nächsten Raum stehen.
Marie trat hinter ihre Freundin. Auf den ersten Blick sah das

Büro aus wie alle anderen. Der Putz war schon vor langer Zeit von den Wänden gebröckelt, in einer Ecke lag ein umgestürztes Regal, und durch das kaputte Fenster schwappte die heiße Sommerluft in das kühle Gebäude wie ein Gruß aus einer anderen, wärmeren Welt. In einer Ecke entdeckte Marie mehrere Wolldecken auf einem Lager aus Pappkartons. Sie hatten Löcher und starrten vor Schmutz, aber irgendjemand hatte sie trotzdem ordentlich gefaltet. Daneben standen zwei Plastiktüten auf dem Boden, die mit Klamotten und anderem Kram vollgestopft waren.

»Hier hat sich jemand einquartiert«, sagte Kim leise.

»Vielleicht ein Obdachloser«, vermutete Franzi.

Marie rieb sich die nackten Oberarme. Sie fröstelte und das hatte nichts mit der Kälte zwischen den alten Backsteinmauern zu tun. Es war ein unheimlicher Gedanke, dass jemand in diesem verlassenen Gemäuer lebte. Jemand, der vielleicht in diesem Moment irgendwo hockte und sie beobachtete.

»Lasst uns weitergehen«, drängte Marie.

Franzi nickte. Während sie sich dem Ende des Flurs näherten, hörte Marie plötzlich ein Geräusch. Es klang wie Schritte auf dem rissigen Linoleumboden. Sie blieb stehen, aber die Schritte gingen weiter.

»Da ist jemand!«, flüsterte Franzi.

»Die Schritte kommen von oben.« Marie sah zur Decke.

»Vielleicht der Obdachlose, dessen Lager wir gefunden haben?« Kim wischte sich einige Staubkrümel, die von der Decke gerieselt waren, aus dem Gesicht.

»Oder Timo«, sagte Marie. Bisher hatten sie keine Spur von Davids Bruder gefunden.
»Glaub ich nicht.« Franzi schüttelte den Kopf. »Warum sollte er hier herumschleichen?«
»Keine Ahnung«, gab Marie zu.
»Kommt mit! Ich will wissen, wer da oben ist.« Franzi lief auf leisen Sohlen voraus, während Marie und Kim einen schnellen Blick wechselten. Kim war nicht wohl bei der Sache, das sah Marie sofort. Sie selbst hatte auch ein mulmiges Gefühl. Aber wenn sie herausfinden wollten, wo Timo steckte, durften sie nichts unversucht lassen. Sie nickte Kim aufmunternd zu und folgte Franzi.
Auf Zehenspitzen gingen die Detektivinnen den Flur entlang in ein zugiges Treppenhaus. Es war gar nicht so leicht, kein Geräusch zu machen, denn auch hier lagen überall Glassplitter und Steine auf dem Boden.
»Glaubt ihr, die Treppe hält?«, flüsterte Kim.
»Klar, die ist doch aus Metall«, raunte Franzi. »Außerdem sind wir nicht die Ersten, die sie benutzen.« Sie zeigte auf verwischte Fußspuren, die sich im Staub abzeichneten.
Wieder übernahm Franzi die Führung. Über die Treppe gelangten sie ins nächste Stockwerk. Hier waren keine Büros. Obwohl alles total verfallen war, wirkten die Räume wohnlicher. Verblichene Tapeten, die früher einmal bunt gemustert gewesen waren, hingen in Fetzen von den Wänden. In einem Zimmer mit einem großen Fenster stand ein staubiges Sofa. Das Polster war aufgerissen und Stroh quoll heraus.

Marie blieb immer wieder stehen und lauschte, aber sie hörte nichts mehr. Hatte sie sich die Schritte nur eingebildet? In so einem alten Gemäuer gab es bestimmt die seltsamsten Geräusche: knarzende Dachbalken, im Wind knallende Türen, quietschende Fenster und gurrende Tauben. Vermutlich war kein Mensch außer ihnen hier.
Als sich Marie gerade wieder etwas entspannte, passierte es. Kurz bevor die Detektivinnen das letzte Zimmer des Flurs erreicht hatten, schoss jemand heraus. Eine große Gestalt in dunklen Klamotten und mit tief ins Gesicht gezogener Kapuze. Es ging alles so schnell, dass Marie nicht mal Zeit hatte, aufzuschreien. Die Gestalt war mit einem Satz bei den drei !!!, schubste Franzi zur Seite, drängte sich an Kim und Marie vorbei und floh den Flur hinunter.
»Halt! Stehen bleiben!«, brüllte Franzi.
Aber der Vermummte dachte gar nicht daran. Wie der Blitz war er im Treppenhaus verschwunden und polterte die metallenen Stufen hinunter. Franzi reagierte als Erste. Ehe Marie einen klaren Gedanken fassen konnte, hatte Franzi schon die Verfolgung aufgenommen. Ihre Turnschuhe berührten kaum den Boden, so schnell raste sie los. Kim und Marie folgten ihr. Auf der Treppe knickte Marie mit ihren Plateau-Sandalen um und klammerte sich am Geländer fest, um nicht zu stürzen. Diese verdammten Schuhe! Sie waren definitiv nicht geeignet für eine Verfolgungsjagd.
»Alles o. k.?«, rief Kim, die schon einen Treppenabsatz weiter unten war.

»Nichts passiert!« Marie löste sich vom Geländer und lief weiter.
Als sie und Kim aus dem Gebäude stürmten, kam ihnen Franzi schon entgegen. Sie wischte sich den Schweiß von der Stirn und schüttelte resigniert den Kopf. »Er ist weg.«
»Mist!«, rief Kim ärgerlich.
»Der Typ ist über den Zaun gesprungen und hat mich abgehängt.«
»Konntest du erkennen, wer es war?«, fragte Marie.
»Nein, ich hab ihn nur von hinten gesehen. So was Blödes!«
»Wie ein Obdachloser sah er jedenfalls nicht aus«, stellte Marie fest. »Habt ihr die Turnschuhe gesehen? Das waren nagelneue Designerteile.«
Franzi grinste. »Typisch, dass du auf so was achtest.«
»Ich interessiere mich nun mal für Mode und Styling.« Marie warf ihre langen Haare zurück. »Was ist schlimm daran?«
»Nichts«, sagte Kim schnell. »Und jetzt lasst uns nachsehen, was der Typ in der alten Spinnerei gesucht hat.«
Sie kehrten ins Gebäude zurück und liefen ins obere Stockwerk. Das Zimmer, aus dem der Unbekannte gekommen war, war klein und bis auf einen alten Schreibtisch in der Ecke vollkommen leer.
»Das ist er!« Kim ging auf das verstaubte Möbelstück zu. »Der Schreibtisch, in dem das Comicheft lag!«
»Bist du sicher?« Marie runzelte die Stirn.
»Hundertprozentig.« Kim zeigte auf eine geöffnete Schublade. »Da drin hat das Micky-Maus-Heft gelegen.«

Marie starrte die Schublade an, die abgesehen von etwas Mäusedreck und ein paar Spinnweben leer war.
»Wisst ihr, was seltsam ist?«, fragte Kim langsam. »In Timos Wohnung wird eingebrochen und jemand klaut den Brief mit der Adresse der alten Spinnerei. Und kaum sind wir hier, laufen wir einem Vermummten über den Weg, der vor uns flüchtet.«
Marie versuchte, Kims Gedankengängen zu folgen. »Du meinst, der Einbrecher aus Timos Wohnung könnte der Typ sein, der uns gerade entwischt ist?«
»Möglich wäre es«, sagte Kim.
»Aber was hat er hier gesucht?«, fragte Franzi.
»Na, was wohl?« Kim zeigte auf die leere Schublade. »Die Comicsammlung von Friedrich Mauer natürlich!«
»Glaubst du, er hat sie gefunden?«
»Nein«, antwortete Kim mit einem zufriedenen Grinsen. »Es sei denn, er hat sich die Comics unter den Pullover gesteckt. Seine Hände waren jedenfalls leer und eine Tasche hatte er auch nicht dabei.«
»Das heißt, die Comics könnten noch hier sein?«, fragte Franzi.
Kim nickte. »Und deshalb suchen wir jetzt jeden Zentimeter dieses Zimmers ab.«
Das dauerte nicht lange, da der Raum weitgehend leer war. Die drei !!! nahmen sich anschließend noch die anderen Zimmer vor, fanden jedoch nichts.
»Wir brechen die Suche ab«, beschloss Kim, nachdem ihr

zum dritten Mal beinahe eine dicke Spinne über die Hand gelaufen war. Angeekelt machte sie einen Schritt vom Sofa weg, unter dem das Tier verschwunden war.
Marie betrachtete frustriert ihre Plateau-Sandalen, die mit einer dicken Staubschicht überzogen waren. Ob sie die jemals wieder sauber kriegen würde?
»Wir müssen sowieso los«, sagte Franzi. »Wenn wir unsere drei Hauptverdächtigen nicht verpassen wollen, sollten wir uns jetzt auf den Weg in die Billardkneipe machen.«
Marie war froh, als sie die alte Spinnerei verlassen hatten und auf der anderen Seite des verrosteten Maschendrahtzauns auf ihre Fahrräder stiegen. Die Luft strich angenehm warm über ihre Arme und die Sonne schickte gerade ihre letzten Strahlen über das Dach der verfallenen Fabrik.
Während sie über den holprigen Asphalt rollte, warf Marie einen Blick zurück. Die alte Spinnerei hob sich dunkel gegen den abendlichen Sommerhimmel ab. Sie hatten es nicht geschafft, dem Gebäude sein Geheimnis zu entlocken. Ob sie im *Charly's* mehr Erfolg haben würden?

Undercover unterwegs

»Glaubst du, die lassen uns einfach so rein?« Kim sah zur Tür der Billardkneipe, durch die gerade eine Gruppe gut gelaunter Mittzwanziger im *Charly's* verschwand.

»Es gibt keinen Türsteher«, sagte Marie. »Aber wir können zur Sicherheit ja ein bisschen vorbeugen.«

»Wie denn?«, wollte Franzi wissen.

»Lasst euch überraschen.« Marie wühlte in ihrer Handtasche und holte zwei Lippenstifte, Wimperntusche, eine Puderdose, einen Augenbrauenstift, ihr Seidentuch, eine Ersatz-Sonnenbrille und eine Bürste heraus.

»Unglaublich, was du alles mit dir herumschleppst!« Franzi schüttelte amüsiert den Kopf.

»Wieso? Ist doch nur das Nötigste.« Marie reihte den Inhalt ihrer Handtasche auf der Fensterbank eines Schuhgeschäfts auf, das bereits geschlossen hatte. »Nicht erschrecken, aber ihr werdet in den nächsten fünf Minuten um drei bis fünf Jahre altern«, verkündete sie. »Wer will zuerst?«

»Ich!« Kim trat vor.

Marie betrachtete konzentriert das Gesicht ihrer Freundin und begann mit der Verwandlung. Sie trug orangeroten Lippenstift und Puder auf, tuschte Kims Wimpern blauschwarz und zog einen Lidstrich. Dann verstrubbelte sie Kims Kurzhaarfrisur und setzte ihr die Sonnenbrille auf den Kopf.

»Cool!« Kim riss überrascht die Augen auf, als sie sich in Maries Schminkspiegel betrachtete. »Ich seh aus wie sechzehn – mindestens!«

»Hab ich doch gesagt.« Marie grinste zufrieden. »Und jetzt ist Franzi an der Reihe.«

»Na gut, von mir aus.« Etwas widerwillig ließ sich Franzi auf der Fensterbank nieder, um sich von Marie schminken zu lassen. Sie war eher der sportlich-natürliche Typ und mochte eigentlich kein auffälliges Make-up.

Dieses Mal benutzte Marie einen bordeauxroten Lippenstift und dunkelgrüne Wimperntusche, die einen schönen Kontrast zu Franzis roten Haaren bildete. Zum Schluss band sie ihr das Seidentuch ins Haar. »Sieht super aus!«

Kim nickte. »Echt edel.«

Franzi runzelte beim Blick in den Spiegel die Stirn. »Ich weiß nicht … das ist irgendwie nicht mein Stil. Aber egal. Ich werd's überleben.«

Marie zog sich selbst noch schnell die Lippen nach, wischte mit einem Taschentuch den Staub von ihren Sandalen und räumte alles wieder in die Tasche. »Fertig! Es kann losgehen.«

Die drei !!! überquerten die Straße und betraten das Billardcafé. Im Gegensatz zu Maries letztem Besuch war die Kneipe jetzt gut gefüllt. Musik, Stimmengewirr, lautes Lachen und das Klackern von Billardkugeln begrüßten die Detektivinnen. An ungefähr der Hälfte der Billardtische wurde gespielt. Hinter der Theke stand eine Frau, schenkte Getränke aus und unterhielt sich mit den Gästen.

»Sind sie schon da?« Marie schaute sich unauffällig um, konnte aber niemanden entdecken, der einem der Jungs aus dem Video ähnlich sah.

Kim schüttelte den Kopf. »Ich glaub nicht.«

»Kommt, wir setzen uns an die Theke. Von dort haben wir einen guten Überblick.« Marie durchquerte mit selbstbewussten Schritten die Kneipe und ließ sich auf einem freien Barhocker nieder.

Die Bedienung warf den Mädchen einen kurzen Blick zu. »Was darf's sein?«

»Drei Cola bitte«, bestellte Marie. »Ohne Eis, wenn's geht, dafür mit einer Scheibe Zitrone.«

»Kommt sofort.« Die Frau holte drei Gläser aus dem Regal, goss Cola hinein und servierte die Getränke.

Marie lächelte zufrieden. Niemand sah sie schräg an und nicht mal die Bedienung schien sie zu jung für die Kneipe zu finden. Ihre Tarnung war perfekt.

Kim und Franzi nahmen rechts und links von Marie Platz. Während sie an ihrer Cola nippte, beobachtete Marie unauffällig die Eingangstür.

»Da!« Franzi stieß Marie in die Seite. Die Tür öffnete sich und drei junge Männer kamen herein. Sie redeten und lachten und wirkten wie gute Freunde, die gemeinsam einen netten Abend verbringen wollen. Einer von ihnen hatte eine auffällig breite Boxernase, ein blasses Gesicht voller Sommersprossen und kurze blonde Haare.

»Das ist der Typ aus dem Video«, zischte Kim, die den Verdächtigen ebenfalls erkannt hatte.

Marie nickte. Sie waren zur richtigen Zeit am richtigen Ort.

»Schaut euch mal die Jacke von dem rechten Typ an«, raunte Franzi.

Marie sog scharf die Luft ein. Sie wusste sofort, was Franzi meinte. Einer der Jungs trug eine schwarze Lederjacke, die an den Schultern mit silbernen Nieten besetzt war. War er der Einbrecher aus Timos Wohnung? Hatten die Kerle Timo irgendwo abgefangen und eingesperrt? Hatte er ihnen aus lauter Verzweiflung von den Comics erzählt? Vielleicht reichte ihnen das Geld nicht, das sie bei den Tankstellenüberfällen erbeuteten. Vielleicht wollten sie mehr. Viel mehr. Deshalb hatte einer von ihnen vorhin in der alten Fabrik nach Friedrich Mauers Comicsammlung gesucht. Möglich wäre es. Aber bisher waren das alles nur Vermutungen. Sie brauchten handfeste Beweise!

Die drei Jungs hatten sich inzwischen einen freien Billardtisch gesucht. Der Typ mit der Lederjacke griff nach einem Queue und er und seine Freunde begannen zu spielen. Dabei unterhielten sie sich angeregt und lachten immer wieder.

»Könnt ihr verstehen, was sie reden?«, fragte Kim.

Marie spitzte die Ohren, aber die Verdächtigen waren zu weit weg. Ihr Gespräch wurde von der Musik und dem Stimmengewirr in der Kneipe übertönt. Mist! Vielleicht planten sie gerade einen neuen Tankstellenüberfall oder sprachen über Timo. Sie mussten etwas unternehmen!

»Bin gleich wieder da.« Marie trank noch einen Schluck von ihrer Cola und rutschte vom Barhocker.

»Wo willst du hin?«, zischte Kim.

»Ich muss nur mal schnell für kleine Mädchen.« Marie ging quer durch den Raum auf die Toiletten zu. Praktischerweise führte der Weg direkt am Billardtisch der drei Verdächtigen vorbei. Sie verlangsamte ihre Schritte und tat so, als wäre der Riemen ihrer Sandale aufgegangen. Direkt neben dem Billardtisch ging sie in die Hocke und spitzte die Ohren.

»Denen werden wir's heute so richtig zeigen!«, sagte der Blonde gerade.

Der Typ mit der Lederjacke grinste. »Klar! Die kriegen eine ordentliche Abreibung.«

»Und dann sacken wir die Kohle ein!« Der Dritte lachte meckernd. Er hatte gerade einen Stoß ausgeführt und trat einen Schritt zurück, wobei er fast über Marie stolperte. »He, was machst du da?« Misstrauisch musterte er Marie, die immer noch auf dem Boden hockte.

»Äh ... gar nichts, wieso? Mein Schuh ist aufgegangen.« Geistesgegenwärtig zauberte Marie ein Lächeln auf ihr Gesicht, erhob sich und strich ihren Rock glatt. »Na dann, viel Spaß noch.« Mit weichen Knien ging sie weiter und verschwand auf der Toilette. Sie schloss kurz die Augen und atmete einmal tief durch. Das war knapp gewesen! Dummerweise wussten die

Jungs jetzt, wie sie aussah. Das war ein Nachteil, falls sie sie später noch beschatten mussten. Aber immerhin schienen sie keinen Verdacht geschöpft zu haben. Offenbar fühlten sie sich sehr sicher.

Marie wartete noch ein paar Minuten, warf einen schnellen Blick in den Spiegel, wischte sich ein wenig verschmierte Wimperntusche aus dem Augenwinkel und ließ kaltes Wasser über ihre Handgelenke laufen. Auf dem Rückweg machte sie einen großen Bogen um den Billardtisch der Jungs. An der Theke wurde sie von Kim und Franzi schon ungeduldig erwartet.

»Und?«, fragte Franzi.

Marie berichtete kurz, was sie gehört hatte.

»Das klingt total verdächtig«, sagte Kim.

Franzi nickte. »Die planen garantiert wieder einen Tankstellenüberfall.«

»Wir dürfen sie nicht mehr aus den Augen lassen.« Marie trank ihre Cola aus.

Kim warf einen Blick auf die Uhr. »Ich muss aber bald nach Hause.«

Marie seufzte. »Stimmt, ich auch.«

Zum Glück sahen es Helmut und Tessa nicht so eng, wenn Marie in den Ferien mal etwas länger wegblieb, aber irgendwann würden sie doch anfangen, sich Sorgen zu machen.

»Das geht nicht!«, rief Franzi. Ein paar Leute drehten sich zu ihr um und sie senkte schnell die Stimme. »Wir müssen hierbleiben. Das ist *die* Chance, die Tankstellenräuber auf frischer Tat zu ertappen.«

»Stimmt.« Marie zückte ihr Handy. »Ich schreib Tessa, dass es später wird, weil ... weil ...« Ihr fiel auf die Schnelle keine passende Ausrede ein.
»Weil wir in einer Billardkneipe sitzen und drei finstere Typen beobachten, die wahrscheinlich mehrere Tankstellen überfallen haben«, sagte Franzi trocken und trank einen Schluck Cola.
Marie kicherte. »Ich glaube nicht, dass Tessa diese Erklärung besonders beruhigen würde. Ich schreib einfach, dass wir uns verquatscht haben.«
Auch Kim schickte eine Nachricht an ihre Eltern. Ihre Mutter war ziemlich streng und konnte sich furchtbar aufregen, wenn Kim zu spät nach Hause kam, ohne vorher Bescheid zu sagen.
»So, das wäre erledigt.« Kim steckte ihr Handy weg.
»Achtung, Leute, da tut sich was!« Franzi hatte die drei Verdächtigen nicht aus den Augen gelassen. Sie hatten ihr Spiel beendet und gingen zum Ausgang.
»Sind die etwa schon fertig?«, fragte Marie überrascht. Sie hatte sich auf eine längere Wartezeit eingestellt.
»Vielleicht haben sie noch was anderes vor«, sagte Kim. »Eine Tankstelle überfallen zum Beispiel.«
»Hinterher!« Franzi sprang auf.
Marie bezahlte schnell die Getränke und folgte ihren Freundinnen.
Vor der Kneipe sahen sich die Detektivinnen um.
»Dahinten sind sie!« Marie zeigte nach rechts, wo die Verdächtigen gerade um die nächste Ecke bogen.

Die drei !!! rannten los. Die Jungs liefen durch die Fußgängerzone in Richtung Bahnhof. Die Straßen wurden immer schmaler und die Häuser immer schäbiger. Statt gepflegter Geschäfte gab es hier nur schmuddelige Kneipen, Spielcasinos mit verklebten Scheiben und Wettbüros, die man erst ab achtzehn betreten durfte. Ein Mann mit Vollbart und einem großen Hund kam den Mädchen entgegen. Marie wich dem Hund unwillkürlich aus, obwohl er an der Leine war und einen Maulkorb trug. Trotzdem wirkte sein Blick irgendwie angriffslustig.
»Keine schöne Ecke«, murmelte Franzi.
»Wenigstens ist es noch hell«, sagte Marie aufmunternd.
»Im Dunkeln würde ich auch keinen Fuß in diese Gegend setzen.« Kim zog die Schultern hoch.
»Wo wollen die drei denn hin?«, überlegte Marie. »Gibt es hier irgendwo eine Tankstelle?«
»Keine Ahnung.« Franzi kniff die Augen zusammen. »Moment mal, wo sind sie denn jetzt?«
Die Verdächtigen waren plötzlich in einem Hauseingang verschwunden. Die Detektivinnen sausten los.
»Hier sind sie rein!« Marie blieb vor einem mehrstöckigen Gebäude stehen, von dessen Fassade der Putz abbröckelte. Der Hauseingang führte in einen verwahrlosten Hinterhof. In einer Ecke lagen gammelige Matratzen, ein ausrangierter Fernseher und ein kaputter Tisch. Aus den Mülltonnen quoll der Abfall und es stank nach Gemüseresten, die in der Sommerhitze vor sich hin faulten.
»Was wollen die hier?«, fragte Franzi ratlos.

»Vielleicht haben sie ihre Strategie geändert und überfallen jetzt Wohnungen.« Marie sah an der Fassade empor. Auf einem Balkon hing Wäsche, auf einem anderen vegetierten halb vertrocknete Geranien vor sich hin. Eine Frau stand am Geländer, rauchte eine Zigarette und starrte misstrauisch zu den Detektivinnen hinunter.

»Da geht's noch weiter!« Kim zeigte auf einen Durchgang, der zu einem Hinterhaus führte. Über der Tür blinkten in roten Buchstaben die Worte *Bar* und *Billard*.

»Sollen wir da wirklich reingehen?«, fragte Franzi, während sie sich dem Hinterhaus näherte. »Wahrscheinlich schmeißen die uns sofort wieder raus. Da hilft selbst Maries Styling-Programm nichts.«

»Egal, wir müssen es wenigstens versuchen.« Auch Marie war nicht ganz wohl bei der Sache, aber sie wollte auf keinen Fall so kurz vor dem Ziel aufgeben. Vielleicht trafen sich die drei Verdächtigen in dieser Bar mit einem Komplizen. »Kommt schon!« Sie lief zur Tür und drückte sie beherzt auf. Lachen und Lärm schlugen ihr entgegen. Marie blieb überrascht stehen. »Na, so was!«

Vor ihr lag keineswegs die schummrige Keller-Bar, die sie erwartet hatte. Stattdessen erstreckte sich hinter der Türschwelle ein überraschend großer Raum voller Billardtische. An den Seiten waren kleine Sitzecken und hinter der Theke standen mehrere Barkeeper und schenkten Getränke aus.

»Schon wieder ein Billardcafé!«, stellte Franzi überrascht fest. »Das kann doch kein Zufall sein, oder?«

Die Kneipe war gerammelt voll. Marie entdeckte ein Banner über der Theke, auf dem *6. Großes Billardturnier* stand.
»Entschuldigung, findet heute das Turnier statt?«, fragte sie einen Mann mit einem Bierglas in der Hand, der neben ihr stand.
Der Mann nickte. »Darum ist auch so viel los. Es gibt ein hohes Preisgeld, das lockt natürlich viele Spieler an.«
»Kennen Sie zufällig diesen Mann?« Marie hielt dem Kneipenbesucher ihr Smartphone mit dem Bild des blonden Verdächtigen hin.
»Klar! Das ist Kai, der spielt heute Abend auch.«
Marie fiel fast das Handy aus der Hand. »Sind Sie sicher?«
Der Mann nickte wieder. »Ganz sicher! Kai ist ein ziemlich guter Spieler für sein Alter. Er hat schon ein paar Turniere mit seiner Mannschaft gewonnen.«
»Mit seiner Mannschaft?«
»Ja, Kai spielt meistens mit zwei Freunden zusammen«, erklärte der Mann. »Aber warum willst du das eigentlich so genau wissen?«
»Ach, nur so.« Marie steckte ihr Handy ein. »Ich interessiere mich eben für Billard.«
Franzi und Kim hatten alles mit angehört.
»Taktik-Änderung«, beschloss Kim. »Wir geben unsere Tarnung auf und sprechen die drei direkt an. Ich hab allmählich das Gefühl, wir sind völlig auf dem Holzweg.«
»Okay.« Marie hielt nach den Verdächtigen Ausschau und entdeckte den Blonden mit der Boxernase an der Theke, wo er

gerade Getränke bestellte. Seine Freunde standen bereits an einem der Billardtische und spielten sich warm. Marie schlängelte sich zwischen den Kneipenbesuchern hindurch und tippte dem Blonden auf die Schulter. »Hallo, Kai. Können wir dich kurz sprechen?«

Kai drehte sich um und sah Marie überrascht an. »Klar. Kennen wir uns?«

Marie schüttelte den Kopf. »Nicht wirklich. Meine Freundinnen und ich haben nur ein paar Fragen an dich. Weißt du, wo das ist?« Sie hielt Kai ihr Handy hin und startete das Video von Timos Computer.

Kai starrte mit gerunzelter Stirn auf das Display. »Das ist in der alten Spinnerei. Woher hast du den Film?«

»Das spielt keine Rolle«, mischte sich Kim ein. »Was habt ihr in der Fabrik gemacht? Und woher hattet ihr das viele Geld?«

Kais Gesicht verschloss sich. »Das geht euch gar nichts an! Was soll die Fragerei?«

»Der Typ, der das Video gemacht hat, ist verschwunden«, erklärte Franzi. »Wir suchen ihn. Weißt du, wo er sein könnte?«

Kai schüttelte den Kopf. »Keine Ahnung! Ich kenn den ja nicht mal. Der ist einfach in der alten Spinnerei aufgetaucht und hat uns gefilmt, als wir unseren Gewinn aufgeteilt haben.«

»Was für einen Gewinn?«, fragte Marie.

»Wir hatten an dem Abend ein Turnier gewonnen. Ziemlich hohes Preisgeld. Danach sind wir in die Spinnerei gegangen, um die Kohle in Ruhe aufzuteilen.«

»Seid ihr öfter dort?« Kim sah ihn durchdringend an.
Kai zuckte mit den Schultern. »Ab und zu. Ist 'ne coole Location und man ist dort ungestört. Normalerweise zumindest.«
Marie hatte die Aussage sofort überprüft. »Es stimmt!« Sie hielt ihr Smartphone hoch. »Letzten Freitag war ein Billardturnier im *Charly's*, das Kai mit seiner Mannschaft gewonnen hat.« Der Artikel im Archiv der *Neuen Zeitung*, den Marie schnell überflogen hatte, ließ keinen Zweifel. Es gab sogar ein Foto, auf dem Kai und seine Freunde einen großen Pokal hochhielten und stolz in die Kamera grinsten.
»Klar stimmt das«, sagte Kai etwas beleidigt. »Glaubst du, ich lüg dich an? Aber dieser Typ in der alten Spinnerei, der war ziemlich dreist. Filmt uns erst heimlich und haut dann ab. Hat er das Video etwa ins Internet gestellt?«
Kim schüttelte den Kopf. »Nein, keine Sorge. Auf dem Film sieht man, wie ihr ihn verfolgt. Habt ihr ihn erwischt?«
»Nö, der Kerl ist uns durch die Lappen gegangen. War ganz schön schnell unterwegs.« Kai zuckte mit den Schultern. »Was soll's. Ist ja nichts weiter passiert.«
»Hast du ihn danach noch mal gesehen?«, fragte Franzi.
»Nicht dass ich wüsste. Wahrscheinlich würd ich ihn gar nicht wiedererkennen. Hab ihn ja nur ganz kurz von hinten gesehen.« Kai bezahlte die drei Flaschen Mineralwasser, die der Barkeeper neben ihn auf die Theke gestellt hatte. »Ich muss jetzt zu meiner Mannschaft. Gleich geht das Turnier los.«
»Viel Glück«, wünschte Marie ihm. »Und danke für deine Hilfe.«

»Kein Problem.«
Kai griff nach den Wasserflaschen und ging zu dem Billardtisch, an dem seine Freunde bereits auf ihn warteten.
Marie steckte ihr Handy ein und seufzte. »Das war wohl nichts.«
»Ein kompletter Reinfall«, stimmte Franzi zu.
»Ich wäre nie im Leben darauf gekommen, dass die drei das Geld beim Billard gewonnen haben«, sagte Kim. »Sie sind weder die Tankstellenräuber noch haben sie etwas mit Timos Verschwinden zu tun.«
Frustriert verließen die drei !!! die Billardkneipe und kehrten zum *Charly's* zurück. Neben ihren Fahrrädern wartete jemand.
»David!«, rief Kim überrascht. »Was machst du denn hier? Hast du Feierabend?«
David nickte. »Für heute kann ich keine Burger mehr sehen. Geschweige denn riechen. Habt ihr schon was herausgefunden?«
Kim seufzte. »Ja und nein. Wir konnten drei Verdächtige als Täter ausschließen. Wo Timo steckt, wissen wir leider immer noch nicht.« Sie brachte David kurz auf den neusten Stand.
»In die WG wurde eingebrochen?«, fragte David ungläubig. »Das gibt's doch nicht! In was ist Timo da nur hineingeraten?«
»Das werden wir bestimmt noch in Erfahrung bringen«, beruhigte ihn Marie.
»Hoffentlich geht es Timo gut«, murmelte David. »Wo auch immer er gerade ist.«

»Bestimmt.« Kim legte kurz eine Hand auf seinen Arm. »Mach dir nicht zu große Sorgen.«
David seufzte und rang sich ein Lächeln ab. »Habt ihr Lust, noch ein Eis essen zu gehen?«, fragte er, sah dabei aber nur Kim an.
»Sorry, ich muss nach Hause«, sagte Marie schnell.
»Ich auch.« Franzi schloss ihr Fahrrad auf. »Warum gehst du nicht mit, Kim? Dann kannst du David noch etwas ausführlicher von unseren Ermittlungen erzählen.« Sie grinste vielsagend, was Kim mit einem wütenden Blick quittierte.
»Ja, das wäre toll!« David schaute Kim hoffnungsvoll an.
Kim schüttelte hastig den Kopf. »Ich muss auch los. Meine Mutter flippt aus, wenn ich noch später komme.«
»Schade.« Die Enttäuschung war David deutlich anzusehen. »Darf ich dich wenigstens nach Hause bringen?«
Kims Wangen verfärbten sich rosa. Nach kurzem Zögern nickte sie. »Klar, warum nicht?« Sie ging zu ihrem Fahrrad.
»Dann viel Spaß noch, ihr beiden«, rief Franzi. »Kommt gut nach Hause!«
»Danke«, sagte Kim knapp und stieg auf ihr Rad.
Marie sah Kim und David nach, wie sie nebeneinander die Straße hinunterfuhren.
Franzi seufzte. »Muss Liebe schön sein!«
Marie lachte. »Sag das nicht zu laut. Und schon gar nicht, wenn Kim dich hören kann. Sonst springt sie dir glatt an die Gurgel.«
»Würde mir nicht im Traum einfallen.« Franzi grinste. »Ich

finde, die beiden passen prima zusammen. David scheint das genauso zu sehen. Jetzt muss er nur noch Kim überzeugen. Wäre doch toll, wenn wir alle drei wieder glücklich verliebt wären, oder?«

Marie nickte. Das war tatsächlich ein schöner Gedanke. Die Sache hatte nur einen Haken: Liebe konnte man nicht erzwingen. Sie überkam einen einfach, ohne dass man etwas dagegen tun konnte. Ob Kim dafür bereit war, wusste nur sie allein.

Micky Maus mit Eselsohren

Am nächsten Morgen saß Marie um kurz vor neun am Frühstückstisch. In einer Stunde war sie mit Kim und Franzi vor dem Antiquariat verabredet, um Herrn Moder zu befragen. Hoffentlich verlief diese Spur nicht auch im Sand!

Die Sonne schien durch das Küchenfenster und es war bereits sommerlich warm. Bestimmt würde es wieder ein heißer Tag werden.

Gut gelaunt köpfte Marie ihr Frühstücksei. Während Oma Agnes' Besuchen gab es bei Grevenbroichs nur samstags Eier. Wegen des hohen Cholesteringehalts.

»Lass es dir schmecken!« Oma Agnes nickte Marie zu.

»Danke.« Marie schob sich einen Löffel Ei in den Mund. Neben dem Bio-Amaranth-Früchte-Müsli standen noch ein großer Obstteller, Fruchtquark, Butter, selbst gekochte Marmelade und Vollkornbrot auf dem Tisch. Seit Oma Agnes etwas lockerer geworden war, was ihre Ernährungs-Richtlinien anging, waren die Mahlzeiten eigentlich gar nicht so schlecht. Nur die Buchweizengrütze mochte Marie immer noch nicht.

Als sie gerade in ihr Vollkornbrot biss, klingelte es an der Haustür.
»Nanu, wer ist denn das so früh am Samstagmorgen?«, wunderte sich Oma Agnes. »Erwartest du jemanden?«
Marie schüttelte den Kopf und Oma Agnes verließ die Küche. Etwas später kam sie zurück, mit einem riesigen Strauß bunter Sommerblumen im Arm.
Marie ließ ihr Vollkornbrot sinken. »Wie hübsch! Für wen sind die?«
»Du wirst es nicht glauben – die Blumen sollen für mich sein!« Oma Agnes legte den Strauß auf die Arbeitsplatte und suchte eine passende Vase aus dem Küchenschrank heraus.
»Hab ich was verpasst?«, fragte Marie so harmlos wie möglich. »Hast du heute Geburtstag? Oder irgendein Jubiläum?«
Oma Agnes schüttelte den Kopf. »Nicht dass ich wüsste. Vielleicht ist es ja auch eine Verwechslung. Wer sollte mir denn Blumen schicken?«
Marie wusste natürlich genau, wer der geheimnisvolle Wohltäter war, aber sie ließ sich nichts anmerken. »Ist keine Karte dabei?«
Oma Agnes füllte Wasser in eine große Vase und stellte den Strauß hinein. Er war wirklich ausgesprochen üppig und wunderschön. »Moment mal … doch! Hier ist etwas!« Sie zog einen weißen Umschlag zwischen zwei Hortensien hervor, öffnete ihn und nahm eine Karte heraus.
Marie tat, als wäre sie voll und ganz damit beschäftigt, Müsli in eine Schale zu füllen und eine Nektarine klein zu schneiden,

aber aus den Augenwinkeln hatte sie Oma Agnes die ganze Zeit im Blick. Während Maries Stiefoma die Karte las, verfärbten sich ihre Wangen rosarot. Sie starrte einen Moment ins Leere und auf ihrem Gesicht erschien ein glückliches Lächeln.

In diesem Moment stürmte Finn in die Küche. »Hallo, Oma!«, rief er fröhlich. »Ich hab ganz dollen Hunger! Was gibt's zum Frühstück?«

»Nimm dir, was du magst.« Geistesabwesend legte Oma Agnes die Karte zur Seite.

»Darf ich ein Brot mit Schokocreme?«, fragte Finn listig. Er wusste ganz genau, dass die Schokoladencreme eigentlich tabu war. Viel zu viel Zucker und Fett.

»Natürlich, mein Schatz«, antwortete Oma Agnes zerstreut. Sie schien gar nicht richtig zugehört zu haben.

Finn riss überrascht die Augen auf und warf Marie einen fragenden Blick zu. Marie zuckte grinsend mit den Schultern, stand auf und holte das Glas aus dem Schrank, wo es versteckt hinter Müsli, Chiasamen, Dinkel-Vollkornmehl und Erdmandelflocken auf Oma Agnes' Abreise wartete.

In Windeseile hatte sich Finn eine dicke Schicht Schokocreme aufs Brot geschmiert und nahm einen großen Bissen.

»Lecker!«, nuschelte er begeistert.

Marie kicherte. Sie hätte zu gern gewusst, was auf der Karte stand. Auf jeden Fall schien Opa Herbert voll ins Schwarze getroffen zu haben. Oma Agnes war nicht wiederzuerkennen. Sie summte leise vor sich hin, während sie die Vase mit dem Strauß auf den Küchentisch stellte. Finns Schokoladenschnute störte sie nicht im Geringsten, genauso wenig wie die Tatsache, dass er Tisch, Stuhl, Trinkbecher und sein T-Shirt mit Schokocreme beschmierte.

Nachdem Marie ihr Müsli aufgegessen hatte, räumte sie schnell das schmutzige Geschirr in den Geschirrspüler. Wenn sie nicht zu spät zu ihrer Verabredung mit Kim und Franzi kommen wollte, musste sie sich beeilen. Beim Rausgehen erhaschte sie einen Blick auf die Karte, die halb geöffnet auf der Anrichte lag, und las den ersten Satz:

Meine allerliebste Agnes,
du bist süßer als Schokolade!

Marie lächelte und verließ schnell die Küche. Opa Herbert war ja ein richtiger Romantiker! Wer hätte das gedacht? Zufrieden griff sie nach ihrer Tasche. Phase eins der »Aktion Amor« war erfolgreich abgeschlossen. Jetzt konnte Phase zwei beginnen!

»Guten Morgen!« Marie bremste vor dem Antiquariat und sprang vom Rad.

Kim und Franzi schlossen gerade ihre Fahrräder an einen Laternenpfahl an.

»Hallo!« Kim nahm ihren Rucksack vom Gepäckträger. »Gut geschlafen?«

Marie nickte. »Du auch? Oder hast du die ganze Nacht von David geträumt?«

»Quatsch!« Kim verdrehte die Augen.

»Wie war's denn gestern Abend noch?«, fragte Franzi neugierig. »Hat er dich bis vor die Haustür gebracht? Gab's einen Abschiedskuss? Hat er dir endlich seine Liebe gestanden?«
Kim wurde rot. »Äh ... also ...«
In diesem Moment erschien ein älterer Herr vor dem Antiquariat, klimperte mit einem großen Schlüsselbund und schloss die Ladentür auf.
Kim stieß einen erleichterten Seufzer aus. »Das ist bestimmt Herr Moder. Wir sollten ihn befragen, bevor die ersten Kunden kommen.«
»Aber du wolltest doch gerade von David erzählen«, protestierte Franzi.
Kim schüttelte energisch den Kopf. »Jetzt ist keine Zeit für Privatgespräche. Auf geht's!«
Die drei !!! überquerten die Straße und betraten den Laden. Der ältere Herr, der die Tür aufgeschlossen hatte, stand im hinteren Teil des vollgestopften Raums und hängte sein Jackett sorgfältig auf einen Kleiderbügel an der Garderobe. Unter dem Jackett trug er ein frisch gebügeltes weißes Hemd und eine weinrote Krawatte mit einem bunten Muster. Beim Näherkommen erkannte Marie, dass das Muster aus lauter kleinen Buchstaben bestand, die auf dem roten Stoff tanzten.
»Herr Moder?«, fragte Kim.
Der Mann drehte sich lächelnd zu den Detektivinnen um. »Höchstpersönlich. Was kann ich für euch tun?«
»Wir interessieren uns für das Comicheft im Fenster«, sagte Marie.

»Welches meinst du?« Er stützte sich mit beiden Händen auf den Tresen aus schwerem Holz, auf dem eine altmodische Kasse stand.

»Das Micky-Maus-Heft mit dem Flugzeug auf dem Cover.«

»Ah ja!« Ein Strahlen ging über das Gesicht des Antiquars. »Eine Erstausgabe des ersten Micky-Maus-Hefts in Deutschland von 1951. So was sieht man nicht alle Tage, nicht wahr?«

»Da haben Sie recht«, stimmte Marie zu, obwohl sie sich eigentlich nicht besonders für Comics interessierte. »Was kostet das Heft?«

»Nun ja, sagen wir mal so, ich fürchte, dein Taschengeld reicht dafür nicht aus.« Herr Moder zuckte bedauernd mit den Schultern. »Es ist ein echtes Sammlerstück.«

»Wir wollen es nicht kaufen«, stellte Kim klar. »Wir sind Detektivinnen und ermitteln in einem Vermisstenfall.« Sie zückte eine Visitenkarte und reichte sie dem Antiquar.

»Detektivinnen?« Herr Moder zog seine Lesebrille aus der Hemdtasche und setzte sie sich auf die Nasenspitze, um die Karte zu studieren. »Tatsächlich! Worum geht es denn?«

»Wir suchen diesen Mann.« Kim hielt das Foto von Timo hoch.

»Hat er Ihnen das Comicheft verkauft?«, fragte Franzi.

Herr Moders Blick wanderte von der Visitenkarte zum Foto und wieder zurück. Er zögerte einen Moment, bevor er antwortete. »Eigentlich ist das vertraulich, aber ja, das ist der Mann, der mir die Micky-Maus-Erstausgabe verkauft hat. Ist ihm etwas passiert?«

»Er ist seit ein paar Tagen verschwunden. Es könnte sein, dass Sie der Letzte sind, der ihn gesehen hat.« Marie beobachtete den Antiquar genau. Benahm er sich irgendwie verdächtig? Wirkte er schuldbewusst, nervös oder ängstlich? Nein, er rückte nur seine Brille gerade und sah die Detektivinnen betroffen an. »Verschwunden? Wieso?«

»Das versuchen wir gerade herauszufinden«, sagte Kim. »Timo hat Ihnen also das Comicheft verkauft. Hat er erzählt, wo er es herhat?«

Der Antiquar schüttelte den Kopf. »Nein, ich glaube nicht.«

»Wir wissen, dass er letzten Mittwoch noch mal hier war«, sagte Franzi. »Sie hatten Streit mit ihm. Worum ging es?«

Herr Moder seufzte. »Der junge Mann war verärgert, weil er im Internet von hohen Preisen für alte Comichefte gelesen hatte. Er war der Meinung, das Heft sei mehr wert als die achthundert Euro, die ich ihm dafür gezahlt habe.«

»Ich finde, achthundert Euro sind ganz schön viel Geld für ein altes Comicheft«, bemerkte Marie.

»Für manche Comics bekommt man mehr, für andere weniger. Von einigen Ausgaben gibt es nur noch wenige Exemplare, das steigert natürlich ihren Wert. Im Endeffekt ist es wie überall: Angebot und Nachfrage regeln den Preis.«

»War der Preis für das Micky-Maus-Heft denn angemessen?«, wollte Kim wissen.

»Ich denke schon.« Herr Moder ließ sich auf einem Stuhl hinter dem Schreibtisch nieder. »Entschuldigt bitte, aber mein Knie macht mir zu schaffen.« Er seufzte. »Leider haben viele

Menschen falsche Vorstellungen. Wenn sie alte Bücher oder Comics auf dem Dachboden finden, glauben sie, es seien wertvolle Erstausgaben. Doch das ist nur sehr selten der Fall.«

»Aber das Micky-Maus-Heft ist doch eine Erstausgabe«, erwiderte Franzi. »Das haben Sie selbst gesagt.«

Herr Moder nickte. »Für eine deutsche Micky-Maus-Erstausgabe von 1951 kann man von Sammlern bis zu 15.000 Euro bekommen.«

»Wahnsinn!« Kim schüttelte ungläubig den Kopf.

»Aber so viel Geld kriegt man nur für ein Heft in absolut perfektem Zustand«, fuhr der Antiquar fort.

»Was heißt das?«, fragte Franzi.

»Es darf keine Risse, Knicke oder Eselsohren haben. Auch wenn jemand etwas in das Heft hineingekritzelt hat, mindert das den Wert erheblich«, erklärte Herr Moder. »In den USA wurde vor einigen Jahren eine Superman-Erstausgabe von 1938 in einwandfreiem Zustand für 3,2 Millionen Dollar versteigert. Bei Erscheinen war das Heft zehn Cent wert. Unglaublich, oder?«

Marie nickte. »Allerdings.«

Herr Moder stand auf. »Wartet mal kurz, ich zeig euch was.« Er ging etwas steifbeinig zum Schaufenster, nahm das Micky-Maus-Heft heraus und legte es auf den Tresen. »Seht ihr das?« Er zeigte auf die rechte obere Ecke des Covers.

»Da steht etwas.« Marie beugte sich über das Heft. »*75 Pfennige*«, las sie laut vor.

Herr Moder nickte. »So viel hat das Heft damals gekostet. Die

Preisangabe ist sehr wichtig, denn sie befindet sich nur auf der echten Erstausgabe. Es gab später noch einige Nachdrucke, auf denen kein Preis steht.«

»Und die Nachdrucke sind nicht so viel wert?«, fragte Franzi.

Der Antiquar schüttelte den Kopf. »Für einen Nachdruck bekommt man höchstens ein paar Euro.«

Marie betrachtete das Comicheft genauer. Es war nicht zu übersehen, dass es in keinem guten Zustand war. Das Cover hatte einen Knick, war an zwei Stellen eingerissen und die Seiten hatten Eselsohren. »Haben Sie Timo erklärt, warum er nicht mehr Geld für das Comic bekommen hat?«

»Natürlich.« Herr Moder fuhr sich durch seine grauen Haare. »Aber er wollte es nicht einsehen. Er hat einen ziemlichen Aufstand gemacht und mich als Betrüger beschimpft.«

»Hat er zufällig gesagt, ob er noch mehr Comics gefunden hat?«, fragte Franzi gespannt.

Der Antiquar überlegte. »Ja, er hat tatsächlich andere Hefte erwähnt. Er sagte, er würde sie mir nicht mehr anbieten, sondern selbst im Internet verkaufen.«

»Was für Hefte?«, hakte Kim nach.

Herr Moder zuckte mit den Schultern. »Das weiß ich nicht. Ich hab das ehrlich gesagt für Geschwafel gehalten. Dann kam mein Sohn und hat ihn hinausbegleitet.«

»Danke für die Informationen.« Marie lächelte. »Das war sehr interessant.«

»Ich hoffe, der junge Mann taucht wieder auf«, sagte Herr Moder.

»Das hoffen wir auch.« Kim wandte sich schon zum Gehen, als ihr noch etwas einfiel. »Eine letzte Frage: Was haben Sie gestern Nachmittag gemacht? So zwischen halb drei und halb vier?«

»Brauche ich etwa ein Alibi?« Der Antiquar lächelte.

»Nein, natürlich nicht«, sagte Marie schnell. »Wir müssen das trotzdem jeden Zeugen fragen.«

»Ich war bei der Krankengymnastik.« Er deutete auf sein Knie. »Seit ich operiert wurde, gehe ich mehrmals die Woche hin. Ich hoffe, bald kann ich wieder laufen, ohne zu humpeln.«

Die drei !!! verabschiedeten sich. Beim Hinausgehen stieß Marie fast mit einem hochgewachsenen jungen Mann zusammen, der mit gesenktem Kopf in den Laden marschierte.

»Da bist du ja, Freddi«, sagte Herr Moder.

Marie horchte auf. Freddi? War das nicht Herrn Moders Sohn? Sie überlegte kurz, ob sie ihm ein paar Fragen stellen sollten, denn schließlich hatte er Timo auch gesehen. Aber Kim und Franzi hatten den Laden bereits verlassen.

»Herr Moder ist definitiv nicht in Timos WG eingebrochen«, stellte Kim fest, während sie ihr Fahrrad aufschloss.

»Weil er ein Alibi hat?«, fragte Franzi.

Kim nickte. »Außerdem ist er nicht der Typ für so eine Aktion. Ich finde, er wirkt durch und durch ehrenwert und verlässlich.«

»Der Unbekannte aus der alten Spinnerei kann er auch nicht sein«, stellte Marie fest. »Der Typ war viel größer und sehr flink.«

»Stimmt, mit seinem kaputten Knie hätte Herr Moder nie im Leben so schnell abhauen können«, sagte Kim.

Franzi seufzte enttäuscht. »Also wieder eine falsche Spur?«

»Abwarten«, meinte Marie. »Ich finde, wir sollten noch mal zur alten Spinnerei fahren. Dort scheinen alle Fäden zusammenzulaufen.«

Franzi kicherte. »Im wahrsten Sinne des Wortes!«

Kim stieg auf ihr Rad. »Mich interessiert nur ein einziger Faden: der rote Faden dieses Falls, der uns endlich zu Timo führt.«

Teestunde bei Herrn Helmut

Die Vormittagssonne brannte so heiß auf die Straße vor der alten Spinnerei, dass Marie die Wärme des Asphalts durch die dünnen Sohlen ihrer Mokassins spürte. Heute hatte sie vorsorglich bequemere Schuhe angezogen, auch wenn sie nicht damit rechnete, wieder einen Verdächtigen verfolgen zu müssen. So etwas geschah schließlich nicht jeden Tag.

»Was machen wir jetzt?«, fragte Franzi.

»Wir schauen uns einfach ein bisschen um«, schlug Marie vor. »Vielleicht haben wir gestern irgendetwas übersehen.«

Sie überquerten den Hof und gingen zu der Tür, durch die sie bei ihrem letzten Besuch ins Gebäude gelangt waren. Plötzlich hörte Marie ein Geräusch hinter sich. Sie fuhr herum.

»Wer ist da?«

Der ungepflegte Hof lag verlassen vor ihr, die Steinplatten flimmerten in der Sonne. Hatte sie sich getäuscht?

»Da ist jemand«, flüsterte Franzi.

Sie nickte fast unmerklich zu einem Haufen Sperrmüll hinüber, der in einer Ecke des Hofs aufgetürmt war. Rostige

Maschinenteile, vergammelte Akten, aufgequollene Schaumstoffteile und kaputte Büromöbel lagen im Schatten der Fassade wie ein trauriges Stillleben.

»Was machen Sie da?«, rief Marie. »Kommen Sie raus!«

Einen Moment geschah nichts, doch dann bewegte sich tatsächlich etwas. Ein Mann kam hinter dem Müllhaufen hervor. Sein Alter war schwer zu schätzen, er hätte fünfzig oder auch siebzig Jahre alt sein können. Trotz der sommerlichen Hitze trug er einen schmutzigen Mantel, lange Hosen und einen Hut, der ihm etwas Vornehmes verlieh, auch wenn er sonst eher abgerissen wirkte.

Die drei !!! blieben in sicherer Entfernung stehen.

»Wer sind Sie?«, fragte Franzi.

Der Mann lüftete seinen Hut. Darunter kam eine Glatze zum Vorschein, die in der Sonne glänzte. »Gestatten? Mein Name ist Helmut. Herr Helmut.«

Marie runzelte die Stirn. »Was haben Sie hier zu suchen?«

»Ich suche nach einem brauchbaren Sitzmöbel für mein bescheidenes Heim und natürlich nach dem Sinn des Lebens. Aber danach suchen wir alle, nicht wahr?«

Die drei !!! wechselten einen Blick. Machte sich der Mann über sie lustig?

»Was haltet ihr hiervon?« Er hielt einen alten Bürostuhl hoch, der nur noch drei Beine und ein Loch in der Sitzfläche hatte. »Ist der nicht hübsch?«

»Na ja …« Franzi runzelte die Stirn. »Ehrlich gesagt ist er … kaputt.«

»Kaputt?« Der Mann machte ein erstauntes Gesicht. »Das ist eine Frage der Perspektive. Es kommt auf den Blickwinkel an, verstehst du?«
Franzi schüttelte den Kopf. Auch Marie konnte sich nicht vorstellen, aus welchem Blickwinkel dieser Stuhl etwas anderes als kaputt sein sollte.
»Darf ich euch zu einem Tee einladen?«, fragte Herr Helmut. Oder wie auch immer dieser seltsame Mann wirklich hieß.
»Wo wohnen Sie denn?«, erkundigte sich Marie.
»Nicht weit von hier. Gar nicht weit.« Überraschend flink kam Herr Helmut auf die drei !!! zu. Den Stuhl hatte er sich unter den Arm geklemmt. Er öffnete den Seiteneingang der alten Spinnerei, machte eine kleine Verbeugung und ließ den Detektivinnen den Vortritt. »Tretet ein, bringt Glück herein!«
»Sie wohnen *hier*?«,fragte Marie. »In der alten Spinnerei?«
»Manchmal.« Herr Helmut übernahm wieder die Führung. »Ich habe noch ein anderes Domizil in Bahnhofsnähe. Manchmal ist es einfach angenehmer, zentral zu wohnen.«
Marie dämmerte allmählich, dass dies der Obdachlose sein musste, dessen Lager sie bei ihrem letzten Besuch entdeckt hatten. Sie folgten Herrn Helmut durch die düsteren Flure und leeren Hallen. Es war ein anderer Weg als der, den sie gestern gegangen waren, aber irgendwann gelangten sie ebenfalls in den Verwaltungstrakt.
»Da wären wir.« Herr Helmut nickte im Vorbeigehen zu dem Büro hinüber, in dem die schmutzigen Wolldecken lagen.

»Dort ist mein Schlafgemach. Hier ist der Wohnbereich.« Er betrat den gegenüberliegenden Raum, der ein etwas größeres Fenster hatte, stellte den dreibeinigen Stuhl in eine Ecke, nahm seinen Hut ab und hängte ihn an einen rostigen Nagel an der Wand. Die Fensterscheiben waren kaputt und die Sonne schien direkt auf den fleckigen Fußboden. »Mit Blick ins Grüne. Ist die Aussicht nicht herrlich?«

Marie trat ans Fenster. Es ging nicht zum Hof, sondern zur Rückseite der Spinnerei hinaus. Hier wuchsen Bäume, Büsche und Unkraut wild durcheinander. Hinter einer blühenden Hortensie lagen ein paar Müllsäcke und alte Autoreifen, die irgendjemand dort zurückgelassen hatte, um sich das Geld für die Mülldeponie zu sparen.

»Früher war hinter der alten Spinnerei ein kleiner Park«, erzählte Herr Helmut, während er in einer Kiste wühlte, die unter dem Fenster stand. »Er war der ganze Stolz vom alten Direktor Mauer. Er hatte sogar extra einen Gärtner eingestellt, der sich um den Park gekümmert hat. Die Arbeiter konnten dort ihre Mittagspause verbringen, spazieren gehen und frische Luft schnappen. Ja, ja, der alte Mauer war seiner Zeit weit voraus.« Er holte einen verbeulten Blechtopf und einen Gaskocher aus der Kiste, stellte den Topf auf den Kocher und goss Wasser aus einer Plastikflasche hinein.

»Kannten Sie die Familie Mauer?«, fragte Kim.

Herr Helmut nickte. »Natürlich! Ich bin schließlich hier aufgewachsen.«

»Hier?«, fragte Marie skeptisch. »In der alten Spinnerei?«

Herr Helmut kicherte. »Klingt verrückt, oder? Ist aber so.« Er entzündete den Gaskocher. Während die blaue Flamme am Topfboden leckte, wühlte er wieder in der Kiste, die offenbar Vorratskammer, Küchenschrank und Geschirrregal in einem war. »Mein Vater war hier über fünfundzwanzig Jahre Hausmeister. Wir haben in einem Nebengebäude auf dem Gelände gewohnt. Ist heute leider völlig verfallen. Ein Jammer.« Er hielt eine angebrochene Packung Teebeutel hoch. »Ich hoffe, ihr mögt Ostfriesentee? Etwas anderes habe ich leider gerade nicht im Haus.«

»Kein Problem.« Marie fragte sich, wie lange der Tee schon in der Kiste lag und ob Teebeutel irgendwann schlecht werden konnten. Und woher kam das Wasser? Konnte man es überhaupt trinken? Sie versuchte, nicht die Nase zu rümpfen, aber Herr Helmut schien trotzdem zu wissen, was in ihrem Kopf vorging.

»Mach dir keine Sorgen, meine Liebe, Wasser und Tee sind ganz frisch. Ich bin leidenschaftlicher Teetrinker, müsst ihr wissen. Es geht doch nichts über eine gute, heiße Tasse Tee!«

»Haben Sie auch Friedrich gekannt?«, fragte Franzi. »Den Sohn der Familie Mauer?«

»Und ob!« Herr Helmut stellte vier unterschiedliche Porzellantassen auf den Boden und hängte in jede Tasse einen Teebeutel. »Fritz und ich waren ungefähr gleich alt. Wir haben als Kinder oft zusammen gespielt. Damals haben die Mauers noch über der Fabrik gewohnt.«

»Hier im Gebäude?« Marie zeigte zur Decke. »Im ersten

Stock?« Sie erinnerte sich an das Zimmer mit dem alten Schreibtisch, in dem das Comicheft gelegen hatte. Bestimmt war das Friedrichs Kinderzimmer gewesen!

Herr Helmut nickte. »Ihre Wohnung lag direkt über der Verwaltung. Fritz war ein netter Kerl. Als kleine Jungs haben wir das Fabrikgelände unsicher gemacht. Es war ein herrlicher, riesengroßer Spielplatz. Im Park konnte man Verstecken spielen, im Keller Mäuse fangen und in der Kantine Äpfel stibitzen. Fritz und ich haben viel Spaß zusammen gehabt. Als wir ungefähr zwölf oder dreizehn waren, sind die Mauers umgezogen.«

»Wohin?«, fragte Kim.

»In die große Villa gleich hinter dem Park.« Das Wasser im Topf begann brodelnd zu kochen und Herr Helmut stellte den Gaskocher aus. »Das muss irgendwann Mitte der Fünfzigerjahre gewesen sein. Seitdem haben Fritz und ich uns nicht mehr so oft gesehen.« Er verteilte das heiße Wasser auf die vier Tassen.

»Was ist aus ihm geworden?«

»Fritz ist mit Mitte zwanzig gestorben. Ein Autounfall. Sehr tragisch. Eigentlich sollte er die Firma erben. Der alte Mauer musste bis zu seinem Tod weiterarbeiten, danach hat ein entfernter Verwandter die Leitung übernommen. Einige Jahre später war die Spinnerei bankrott.« Herr Helmut verteilte die Tassen. »Ich würde euch gerne einen kleinen Imbiss zum Tee anbieten, aber bedauerlicherweise ist mir das Gebäck ausgegangen.«

»Wie wär's mit etwas Schokolade?« Kim zog eine angebrochene Tafel Vollmilchschokolade aus ihrem Rucksack. »Ich hab immer eine Notration dabei. Sie könnte allerdings etwas aufgeweicht sein.«

»Das macht nichts.« Herr Helmut lächelte zufrieden. »Schokolade zum Tee passt ausgezeichnet.« Er hob seine Tasse. »Auf meinen alten Freund Friedrich Mauer. Möge er in Frieden ruhen!«

Eine halbe Stunde später verließen die drei !!! die alte Spinnerei. Es war fast Mittag und die Sonne stand senkrecht über dem verfallenen Gebäude.

»Dieser Herr Helmut ist zwar etwas durchgeknallt, aber sonst echt nett«, stellte Franzi fest.

Marie nickte. »Und der Tee hat richtig gut geschmeckt.«

Kim zog ihr Handy aus der Tasche. »David hat sich gemeldet. Seine Schicht im Imbiss ist gleich zu Ende und er fragt, wo wir stecken. Sollen wir uns bei der alten Fabrikantenvilla mit ihm treffen? Die müssen wir uns unbedingt genauer ansehen.«

Marie nickte. »Gute Idee.«

Kim schrieb schnell eine Nachricht an David und schickte sie ab. Seine Antwort ließ nicht lange auf sich warten. »Er ist in einer Viertelstunde da.« Kim steckte das Handy weg.

»Prima, dann haben wir ja noch etwas Zeit und du kannst uns endlich von gestern Abend erzählen.« Franzi grinste. »Dieses Mal werden wir garantiert nicht unterbrochen!«

Kim stöhnte. »Na gut, von mir aus, vorher gebt ihr ja sowieso keine Ruhe.«

»Hat er dich geküsst?«, fragte Franzi gespannt.

Kim schüttelte den Kopf. »Nein! Aber er hat ... er hat gesagt, dass er mich mag. Sehr sogar.«

»Und was hast du gesagt?«, wollte Marie wissen.

»Nichts!« Kim klang verzweifelt. »Ich war total überrumpelt und hab keinen Ton herausbekommen. Es war so peinlich!«

»Und dann?«

Kim seufzte. »Dann wurden wir von einem Platzregen überrascht.«

»Aber es hat doch gestern Abend gar nicht geregnet«, erwiderte Franzi verwirrt.

»Bei uns vor der Haustür schon.« Kim grinste schief. »Die Zwillinge haben Wasserbomben auf uns abgeworfen. Leider können sie ziemlich gut zielen. Ich bin schnell zur Seite gesprungen, aber David hat die volle Ladung abbekommen.«

»Was?« Marie und Franzi prusteten gleichzeitig los.

Kim musste mitlachen. »Es war wie in einem schlechten Film. David war klitschnass! Ben und Lukas haben sich schlappgelacht und sind weggerannt.«

Marie wischte sich eine Lachträne aus dem Augenwinkel. »Wie ging es danach weiter?«

Kim zuckte mit den Schultern. »Gar nicht. Die Stimmung war natürlich komplett im Eimer. David hat sich verabschiedet und ist nach Hause gefahren, um sich trockene Klamotten anzuziehen.«

»Und über eure Gefühle habt ihr nicht mehr geredet?«, fragte Franzi.

Kim schüttelte den Kopf. »Ehrlich gesagt bin ich ganz froh darüber. Ich hätte nicht gewusst, was ich sagen soll. Ich mag David, aber nur als Freund. Irgendwie geht mir das alles zu schnell.«

Marie zwinkerte Kim zu. »Dein Herz weiß die Antwort, da bin ich sicher.«

»Tja, dann sollte mir mein Herz vielleicht mal einen kleinen Tipp geben.« Kim lächelte gequält. »Ich hab nämlich keinen blassen Schimmer, wie ich mich David gegenüber jetzt verhalten soll.«

Die Geistervilla

Die alte Fabrikantenvilla war tatsächlich nur einen Steinwurf von der Spinnerei entfernt. Sie lag auf der anderen Seite des ehemaligen Parks, gut versteckt hinter hohen Bäumen und einer ungepflegten Hecke. David wartete schon auf die Detektivinnen.

»Hallo!«, begrüßte er die drei !!!. Seine Augen flackerten nervös. Als sein Blick Kim streifte, überzog eine leichte Röte sein Gesicht, und er sah schnell wieder weg.

»Hallo«, murmelte Kim verlegen und fummelte an ihrem Fahrradschloss herum. Sie brauchte ungefähr dreimal so lange wie sonst, um ihr Rad abzuschließen. Währenddessen breitete sich eine unangenehme Stille aus.

Marie räusperte sich. »Sieht nicht so aus, als würde hier noch jemand wohnen«, sagte sie, um das Schweigen zu brechen.

»Glaubt ihr, Timo ist da drin?« David sah an der schmutziggrauen Fassade hoch, die früher einmal weiß gewesen sein musste. Das einst prachtvolle Gebäude war völlig heruntergekommen. Die Fensterläden waren geschlossen oder hingen

schief in den Angeln, und der Balkon über dem Haupteingang sah so aus, als würde er jeden Moment einstürzen.
»Möglich wäre es.« Kim schien ihre privaten Gefühle wieder halbwegs im Griff zu haben. Sie erzählte David, was sie von Herrn Helmut erfahren hatten. »Wenn Timo sich über die Geschichte der Spinnerei informiert hat, hat er bestimmt auch herausgefunden, dass Familie Mauer in den Fünfzigerjahren umgezogen ist. Vielleicht ist er hergekommen, um hier weiter nach Friedrich Mauers Comicsammlung zu suchen.«
»Das würde zu ihm passen«, sagte David. »Wenn er sich einmal in eine Sache verbissen hat, lässt er so schnell nicht wieder locker.«
»Er könnte in dem alten Haus gestürzt sein und sich verletzt haben ...«, überlegte Franzi laut.
»Meinst du?« David starrte auf die dicken, alten Mauern, als würden sie unter seinem Blick irgendwann durchsichtig werden. »Wir müssen da rein! Sofort!«
»David hat recht«, sagte Marie. »Wenn Timo wirklich verletzt ist, braucht er so schnell wie möglich Hilfe.«
»Okay.« Kim nickte langsam. »Aber wir gehen durch den Garten. Hier vorne an der Straße ist es zu auffällig.«
Die Detektivinnen und David umrundeten das Haus und schlüpften durch die löchrige Hecke in den Garten, der direkt an den ehemaligen Park grenzte. Das Grundstück war riesig. Es waren noch Reste der wunderschönen Gartenanlage zu erkennen: überwucherte Kieswege, mit Moos bewachsene Steinskulpturen, ein ausgetrockneter Springbrunnen voller Laub

und Zweige, eine umgekippte Bank, die fast völlig unter hüfthohen Brennnesseln verschwunden war, und ein kleiner Pavillon mit eingestürztem Dach.
Auch auf der Rückseite der Villa waren fast alle Fensterläden geschlossen. Marie blieb stehen und lauschte, aber außer dem Zwitschern der Vögel war nichts zu hören.
»Da!« Franzi zeigte auf ein halb geöffnetes Kellerfenster. Mit zwei Sätzen war sie beim Haus, kniete sich hin und stieß das Fenster auf. »Hereinspaziert, meine Damen und Herren!«
Marie kletterte als Erste in den Keller. Kurz danach landete Franzi neben ihr auf dem schmutzigen Steinboden. Dann folgte David. Er reichte Kim die Hand, doch sie schüttelte den Kopf.
»Danke, ich schaff das schon alleine.«
David biss sich auf die Lippe. Ob er rot wurde, konnte Marie im dämmrigen Licht des Kellers nicht erkennen. Es war kühl und sie fröstelte. Wahrscheinlich herrschte hier unten das ganze Jahr dieselbe Temperatur, egal ob Sommer oder Winter war. Ein Geruch nach Feuchtigkeit und Moder stieg ihr in die Nase.
»Weiter!«, zischte Franzi und übernahm die Führung. Vorsichtig tastete sie sich durch den halbdunklen Raum. »Halt!« Sie blieb so plötzlich stehen, dass Marie fast in sie hineinlief.
»Was ist los?«
»Hier ist was!« Franzis Stimme zitterte leicht. »Gib mir mal die Taschenlampe, Kim.«
Kim kramte in ihrem Rucksack und reichte Franzi eine kleine Stabtaschenlampe.

Franzi knipste die Lampe an und ließ den Lichtkegel über den Boden gleiten. »Verdammt! Seht euch das an!« Direkt vor ihren Füßen gähnte ein Loch im Kellerboden. »Da wäre ich fast reingefallen!«
»Ganz schön tief.« Marie warf einen Blick in das Loch. Fast erwartete sie, Timos zusammengekauerte Gestalt am Boden zu sehen, aber das Loch war leer.
»Mann, das ist echt gefährlich!« Kim schüttelte fassungslos den Kopf.
»Stimmt, da kann man sich leicht alle Knochen brechen.« David zeigte auf eine Stelle neben dem Loch. »Was ist denn das?«
Franzi schwenkte die Taschenlampe. »Fußspuren! Hier muss vor uns schon jemand gewesen sein.« Aufgeregt fuchtelte sie mit der Lampe, sodass der Lichtkegel über die Kellerwände hüpfte. Die Spuren auf dem schmutzigen Boden waren deutlich zu erkennen.
»Timo!«, rief David halblaut. »Bist du hier?«
Marie hielt den Atem an, aber alles blieb still. Keine Antwort. Keine Schritte, kein Stöhnen, nichts.
»Los, weiter«, drängte Kim. »Am besten, wir durchsuchen das ganze Haus.«
Über eine ausgetretene Steintreppe gelangten sie ins Erdgeschoss. Marie sah sich um. Im Flur hingen gelbstichige Fotografien an den Wänden und die verblichene Tapete mit Blümchenmuster war wahrscheinlich vor fünfzig Jahren modern gewesen. Marie wollte sich gerade eins der Bilder genauer

ansehen, als sie plötzlich erstarrte. Sie lauschte. Was war das? Spielten ihre Ohren ihr einen Streich?

»Hört ihr das auch?«, flüsterte Kim. Alle Farbe war aus ihrem Gesicht gewichen.

Franzi nickte. »Musik!«

»Das gibt's doch nicht!« David hatte sich schützend neben Kim gestellt, aber sie schien das gar nicht zu bemerken.

»Vielleicht spukt's hier ja.« Franzi kicherte nervös.

Marie schluckte. Würde ihnen gleich der Geist von Friedrich Mauer erscheinen?

Eine Tür quietschte und die Musik wurde lauter. Marie kannte das Lied *Non, je ne regrette rien* von Édith Piaf, einer französischen Sängerin, die in den Vierzigerjahren des letzten Jahrhunderts weltberühmt geworden war. Maries Gesangslehrerin verehrte Édith Piaf, und Marie hatte selbst schon Chansons von ihr gesungen.

Franzi krallte ihre Finger in Kims Arm. Marie starrte wie hypnotisiert auf die Tür, die sich langsam öffnete, während die Musik weiter anschwoll. Marie wollte wegrennen, aber ihre Beine gehorchten ihr nicht. Es war wie in einem Horrorfilm, den man nicht ausschalten konnte.

Eine Gestalt erschien in der Tür. Kim schrie auf und David griff nach ihrer Hand. Aber es war nicht der Geist von Friedrich Mauer, sondern eine alte Frau. Sie war so klein, dass sie Marie kaum bis zur Schulter reichte, hatte dünnes graues Haar und ein Gesicht wie ein schrumpeliger Apfel. In ihrem schwarzen Kleid wirkte sie wie eine Erscheinung aus einem anderen

Jahrhundert, aber zu Maries Erleichterung war sie eindeutig aus Fleisch und Blut.
Die alte Dame sah aus klaren blauen Augen zu den drei !!! und David hoch. »Besuch, wie schön!« Ein Lächeln ließ ihr Gesicht aufleuchten. Sie schien sich nicht im Geringsten darüber zu wundern, dass fremde Menschen in ihrem Flur standen. »Kommt doch herein, Kinder!«
Die Detektivinnen waren zu verblüfft, um etwas zu erwidern. Stumm folgten sie der alten Dame in die Küche. Die Fensterläden waren geschlossen. Nur ein paar vereinzelte Sonnenstrahlen schienen zwischen den Ritzen hindurch und sorgten für ein seltsam unwirkliches Zwielicht. Marie kam es vor, als wäre sie in eine andere Zeit versetzt worden. Die altmodischen Küchenschränke sahen aus wie eine Filmkulisse. Über der Spüle hing ein großer Boiler, daneben standen ein Gasherd und ein riesiges Ungetüm von einem Kühlschrank.
»Möchtet ihr etwas trinken?«, fragte die alte Dame freundlich und schaltete das Radio aus. »Ein Glas Saft vielleicht?«
Kim räusperte sich. »Gerne. Vielen Dank.« Sie schien erst jetzt zu merken, dass sie Davids Hand hielt, und ließ sie schnell los.
»Wohnen Sie hier?«, fragte Franzi.
Die Frau nickte. »Aber natürlich! Was hast du denn gedacht?«
Marie schüttelte fassungslos den Kopf. Die alte Villa stand überhaupt nicht leer! Sie war kein Lost Place, sondern ein bewohntes Haus. Und sie waren einfach durch das Kellerfenster eingestiegen … Wie hatte ihnen nur so ein Fehler unterlaufen

können? Zum Glück hatte die alte Dame nicht sofort die Polizei gerufen.
Auch Kim war die Situation sichtlich peinlich. »Entschuldigen Sie bitte, dass wir hier einfach so eingedrungen sind.«
Die alte Dame machte eine wegwerfende Handbewegung. »Ich freue mich immer über Besuch. Ihr wollt sicher Friedrich besuchen, oder? Das ist wirklich wunderbar! Er ist so ein schüchterner Junge, wisst ihr? Darum fällt es ihm auch nicht leicht, Freunde zu finden.« Sie öffnete den Kühlschrank, sah hinein, runzelte die Stirn und schloss ihn wieder.
»Friedrich?«, fragte Marie überrascht. »Friedrich Mauer?«
Die alte Dame nickte lächelnd.
»Aber der ist doch schon lange tot!«, platzte Franzi heraus.
Die Frau kicherte, als hätte Franzi einen Witz gemacht. Sie schüttelte den Kopf. »Wie kommst du denn darauf? Hier, das ist er. Mein Sohn Friedrich!« Sie deutete auf ein Schwarz-Weiß-Foto in einem altmodischen Rahmen, das an der Küchenwand hing und einen jungen Mann zeigte, der fröhlich in die Kamera lächelte. War das wirklich Friedrich Mauer? Wenn ja, musste das Bild kurz vor seinem Unfall aufgenommen worden sein.
Marie kombinierte blitzschnell. »Dann sind Sie Friedrich Mauers Mutter?«, fragte sie ungläubig. Während der gesamten Ermittlungen hatte sie kein einziges Mal in Erwägung gezogen, dass noch jemand aus der Mauer-Familie leben könnte.
David, der bisher keinen Ton gesagt hatte, starrte das Foto an und schnappte nach Luft.

»Was ist denn los?«, fragte Kim.
»Der ... der ... der sieht ja fast genauso aus wie Timo!«, stammelte David.
Kim musterte das Foto an der Wand und nickte langsam. »Stimmt. Wenn das Friedrich Mauer ist, sieht dein Bruder ihm tatsächlich ziemlich ähnlich.«
»War in den letzten Tagen jemand hier?«, erkundigte sich Franzi. »Ein junger Mann, der Timo heißt?«
Frau Mauer schüttelte den Kopf. »Nein, hier war niemand. Ich bekomme selten Besuch. Meistens bin ich mit Friedrich allein.«
Marie bekam eine Gänsehaut. Die alte Dame war offensichtlich etwas verwirrt. Glaubte sie wirklich, ihr Sohn sei noch am Leben?
»Lasst uns gehen«, sagte Kim leise. »Timo ist nicht hier und wir sollten die arme Frau nicht noch mehr durcheinanderbringen.«
Den Saft, den sie ihren Gästen angeboten hatte, schien Frau Mauer vergessen zu haben. Völlig versunken betrachtete sie das Foto ihres Sohnes.
»Wir müssen jetzt los«, sagte Marie laut. »Auf Wiedersehen, Frau Mauer.«
Die alte Dame zuckte zusammen. »Ihr wollt schon gehen? Wie schade!«
Die drei Detektivinnen nickten Frau Maurer freundlich, aber bestimmt zu, verabschiedeten sich und verließen nacheinander die Küche.

Frau Mauer folgte ihnen auf den Flur. »Kommt ihr bald wieder? Friedrich würde sich bestimmt freuen.«
Ehe sie antworten konnten, ertönte ein lautes Poltern von oben. Marie sah zur Decke.
»Was war das?«, fragte David.
»Das war nur mein Friedrich.« Frau Mauer lächelte nachsichtig. »Manchmal ist er ein richtiger kleiner Wildfang. Dabei hab ich ihm schon tausendmal gesagt, er soll im Haus nicht mit dem Ball spielen …«
»Hier stimmt doch was nicht«, murmelte Kim.
Marie spürte, wie sich ihre Nackenhaare aufstellten. Was ging hier vor? Friedrich Mauer konnte unmöglich für das Poltern im ersten Stock verantwortlich sein. Er war seit vielen Jahren tot. Entweder es spukte tatsächlich in der alten Villa oder es war noch jemand im Haus.
»Timo!«, rief David. »Wo bist du?«

Gerettet!

David rannte los. Mit großen Sprüngen hechtete er die Treppe hinauf. Die alten Holzstufen knarrten vorwurfsvoll. Kim, Franzi und Marie folgten ihm.

»Sagt Friedrich bitte, dass er nicht so einen Lärm machen soll!«, rief Frau Mauer ihnen nach. »Sonst schimpft sein Vater wieder.«

»Die spinnt doch!«, keuchte Franzi. »Friedrich ist längst tot und sein Vater auch.«

»Timo!«, brüllte David. »Bist du hier irgendwo?«

Fast hätten sie es nicht gehört, weil ihre Schritte auf der Treppe so laut waren.

»Stopp!« David blieb wie angewurzelt auf dem oberen Treppenabsatz stehen. »Da war was! Seid mal still. Hört ihr das auch? «

Eine leise Stimme drang an Maries Ohr.

»Hier bin ich!«

»Ich komme!« David riss eine Zimmertür nach der anderen auf. Hinter der dritten Tür hatte er Glück. In einem Bett am

Fenster lag ein junger Mann mit Kopfverband. »Timo!« David stürzte auf das Bett zu und umarmte seinen Bruder.

»David! Endlich!« Timos Gesicht war fast so weiß wie der Verband um seinen Kopf, aber sein Lächeln drückte unendliche Erleichterung aus. »Ich dachte schon, ich komm hier nie mehr raus.«

»Was ist passiert?«, fragte Kim. »Bist du verletzt?«

»Ich hab mir den Kopf angeschlagen und den Fuß verknackst. Aber es geht mir schon wieder etwas besser.«

»Das sind Kim, Franzi und Marie«, stellte David die Detektivinnen vor. »Sie haben mir geholfen, dich zu finden. Ich hab mir riesige Sorgen gemacht, als du plötzlich verschwunden warst. Was war denn los?«

Timo seufzte. »Das ist eine lange Geschichte.«

»Wir haben Zeit.« Franzi ließ sich auf einem verstaubten Schaukelstuhl nieder.

»Wir wissen von dem Comicheft, das du in der alten Spinnerei gefunden und an den Antiquar verkauft hast«, berichtete Kim. »Es gehörte Friedrich Mauer, der später mit seinen Eltern in diese Villa gezogen ist.«

Timo riss überrascht die Augen auf. »Wie habt ihr das denn herausbekommen?«

»Berufsgeheimnis.« Franzi grinste.

Endlich begann Timo zu erzählen. »Dieser Friedrich Mauer muss eine ganze Comicsammlung gehabt haben. Die wär heute ein Vermögen wert! Erst hab ich in der alten Spinnerei nach den Heften gesucht, aber dort war nichts.«

»Vielleicht hat er die Comics ja weggeschmissen, als er älter wurde«, meinte David. »Ich heb auch nicht alles auf, was ich als kleiner Junge toll fand.«

»Vielleicht.« Timo kratzte sich unter seinem Verband. »Vielleicht aber auch nicht. Ich war total besessen von diesen Comics und konnte an nichts anderes mehr denken. Ich wollte sie unbedingt finden! Darum hab ich im Internet recherchiert und herausgefunden, dass Friedrich und seine Familie vor vielen Jahren in diese Villa gezogen sind. Also bin ich hergekommen, um hier nach den Heften zu suchen.«

»Bist du durchs Kellerfenster eingestiegen?«, fragte Kim.

Timo nickte. »Blöderweise hatte ich meine Taschenlampe vergessen. Ich bin im dunklen Keller gestolpert und in ein Loch gefallen. Total dämlicher Anfängerfehler!«

»Das Loch haben wir auch gesehen«, erzählte David. »Ist 'ne echte Einbrecherfalle.«

»Du sagst es. Ich bin umgeknickt und mit dem Kopf gegen einen Stein geprallt. Hab's grad noch geschafft, irgendwie aus dem Loch zu klettern, danach weiß ich nichts mehr.«

»Du bist ohnmächtig geworden?«, fragte Marie.

Timo nickte wieder. »Ich muss einen Moment weg gewesen sein. Als ich wieder zu mir kam, saß diese alte Hexe neben mir.«

»Frau Mauer?«

»Genau. Aber das wusste ich zu dem Zeitpunkt noch nicht. Ich war total durcheinander und hab mich gefragt, was die alte Frau in einem leer stehenden Haus macht. Woher hätte ich denn wissen sollen, dass sie in dieser Bruchbude wohnt?«

»Und dann?«, fragte Kim.

»Sie hat mich in dieses Zimmer gebracht. Keine Ahnung, wie ich es geschafft habe, mit meinem verknacksten Fuß die Treppe raufzukommen. Es hat höllisch wehgetan und ich war heilfroh, als ich mich hinlegen konnte. Erst später hab ich kapiert, dass das hier Friedrichs altes Kinderzimmer ist.«

Marie sah sich um. Tatsächlich! An den Wänden hingen verblasste Poster mit Superman, Spiderman, Donald Duck und Micky Maus. Unter der Decke schwebten selbst gebastelte Flugzeugmodelle. Neben dem Bett stand ein altes Schaukelpferd, das mit einer dicken Staubschicht überzogen war, genauso wie der Schreibtisch, auf dem Bücher und Hefte lagen. Das Regal neben dem Fenster war voller Spielzeug: Rennautos, Brummkreisel, ein einäugiger Teddy, Zinnsoldaten und ein platter Fußball. Offenbar hatte Frau Mauer nichts verändert, nachdem ihr Sohn erwachsen geworden und ausgezogen war. Wieder hatte Marie das Gefühl, in eine andere, längst vergangene Zeit katapultiert worden zu sein. Als könnte Friedrich jeden Moment hereinstürmen, sich an seinen Schreibtisch setzen und in einem Buch blättern. Das war echt unheimlich!

»Warum bist du nicht abgehauen?«, fragte David. »Die alte Frau Mauer hätte dich doch nie im Leben aufhalten können.«

»Ich stand total neben mir und konnte keinen klaren Gedanken fassen. Wahrscheinlich hab ich mir bei dem Sturz eine leichte Gehirnerschütterung geholt. Ich hatte wahnsinnige Kopfschmerzen und mir war kotzübel. Frau Mauer hat meinen Kopf und mein Bein verarztet und mir Tabletten gegen die

Schmerzen gegeben. Plötzlich bin ich unheimlich müde geworden und eingeschlafen. Keine Ahnung, wie viele Stunden ich in den letzten Tagen gepennt habe.«

»Geht es dir denn inzwischen besser?«, erkundigte sich Kim.

Timo nickte. »Mein Kopf tut nicht mehr so weh, aber mein Fuß ist immer noch geschwollen und ich kann nicht auftreten. Gestern hab ich versucht aufzustehen, doch mir ist sofort schwindelig geworden und ich bin fast umgekippt. Da wusste ich, dass ich hier festsitze.«

»Wie schrecklich!« Marie schüttelte mitfühlend den Kopf.

»Immerhin hat mich die Alte regelmäßig mit Essen versorgt und mir sogar Cola, Obst und Bücher ans Bett gebracht. Allerdings nur uralte Kinderbücher. Mit meinem vernebelten Kopf ist mir erst allmählich klar geworden, dass sie mich für ihren Sohn Friedrich hält. Das war echt gruselig! Wer spielt schon gern die Rolle eines Toten? Ich wollte so schnell wie möglich nach Hause, konnte aber mein Handy nicht finden. Wahrscheinlich hab ich es beim Sturz im Keller verloren.«

»Hätte Frau Mauer nicht für dich telefonieren können?«, fragte David.

»Sie wollte mich nicht gehen lassen und auch keine Hilfe rufen«, erklärte Timo. »Sie meinte, mir würde es bestimmt bald besser gehen und zu Hause wäre ich am besten aufgehoben.«

»Die alte Dame scheint komplett in der Vergangenheit zu leben«, sagte Kim. »Wahrscheinlich hat sie es wirklich nur gut mit dir gemeint.«

»Kann schon sein.« Timo zuckte mit den Schultern. »Sie

wohnt offenbar ganz allein in dieser Bruchbude, dabei braucht sie dringend Hilfe. Wenn ihr mich fragt, ist sie ziemlich verwirrt.«

»Vermutlich ist sie nach dem Tod ihres Mannes und dem Bankrott der Firma völlig vereinsamt«, sagte Franzi. »Traurig, oder?«

Timo nickte. »Sie kann einem echt leidtun.«

»Kein Wunder, dass sie dich nicht gehen lassen wollte«, sagte Marie. »Sie war bestimmt total glücklich, ihren geliebten Sohn endlich wiederzuhaben.«

Timo seufzte. »Wenn ihr nicht gekommen wärt, hätte ich so lange in dieser Geistervilla bleiben müssen, bis ich wieder laufen kann. Der Gedanke hat mich echt fertiggemacht. Deshalb hab ich die Bücher vom Nachttisch geworfen, als ich unten Stimmen gehört habe.«

»Darum hat es so gepoltert!« David hob die Bücher auf. Es waren zwei alte Märchenbücher und eine verstaubte Ausgabe von Jules Vernes *Die Reise zum Mittelpunkt der Erde*.

»Friedrich hat also nicht nur Comics gelesen«, stellte Franzi fest.

»Ich wette, er hat seine geliebte Comicsammlung irgendwo hier in seinem Zimmer versteckt«, sagte Timo.

»Wahrscheinlich hat er das Heft, das du in der alten Spinnerei gefunden hast, beim Umzug einfach vergessen«, vermutete Kim. »Genauso wie den Brief von seinem Cousin.«

»Den habt ihr also auch gefunden?« Timo stöhnte. »Ihr seid ganz schön clever!«

Auf dem Flur näherten sich schleppende Schritte. Die Zimmertür öffnete sich und Frau Mauer kam herein. Sie lächelte freundlich. »Jetzt müsst ihr langsam gehen, Kinder. Friedrich braucht noch viel Ruhe. Kommt doch morgen wieder!«
»Ich fürchte, Friedrich kann nicht hierbleiben«, sagte Kim vorsichtig. »Er hat sich verletzt und muss ins Krankenhaus.«
Frau Mauer schüttelte den Kopf. »Nein, nein, ich kümmere mich um ihn. Ich war früher Krankenschwester, wisst ihr? Bei mir ist Friedrich in guten Händen.«
»Sie wollen sicher das Beste für Ihren Sohn«, sagte Marie. »Aber seine Verletzungen sollte sich unbedingt ein Arzt ansehen.«
»Meint ihr?« Die alte Frau sah verwirrt von Marie zu Kim.
»Wissen Sie zufällig, wo Friedrichs Comichefte sind?«, fragte Marie aus einer plötzlichen Eingebung heraus. »Er würde sie uns so gerne mal zeigen.«
Frau Mauer zwinkerte Friedrich verschwörerisch zu. »Natürlich weiß ich, wo du deine Hefte versteckt hast.« Sie ging zum Kleiderschrank, öffnete die schweren Holztüren und wühlte im Inneren herum. »Hier sind sie!« Triumphierend hielt sie eine kleine Holzkiste hoch.
Marie warf einen Blick in den Schrank und pfiff durch die Zähne. »Ein doppelter Boden, nicht schlecht!«
Timo setzte sich auf. »Darf ich mal sehen?«
Frau Mauer trippelte mit kleinen Schritten zum Bett und legte die Kiste auf die Decke. »Aber versprich mir, dass die Kiste verschwunden ist, wenn dein Vater aus der Fabrik kommt. Du

weißt doch, er sieht es gar nicht gern, dass du diese Heftchen liest.«

»Klar, kein Problem.« Andächtig betrachtete Timo die Kiste, während die alte Dame das Zimmer verließ.

»Jetzt mach schon auf«, drängte David mit heiserer Stimme.

Langsam öffnete Timo den Deckel der Holzkiste.

»Ich glaub's nicht!«, hauchte Franzi.

Auch Marie traute ihren Augen kaum. In der Kiste lag ein ganzer Stapel alter Comichefte!

Vorsichtig nahm Timo die Hefte heraus und begutachtete eins nach dem anderen. Von Heft zu Heft wurde er aufgeregter. »Seht ihr, wie gut sie erhalten sind? Keine Risse, keine Knicke, keine Eselsohren. Die müssen ein Vermögen wert sein! Moment mal ... was ist das?« Er hielt ein Micky-Maus-Heft hoch. Auf dem blauen Cover war ein Flugzeug abgebildet, in dem Micky und Goofy im Sturzflug zur Erde rasten.

»Das erste deutsche Micky-Maus-Heft!«, rief Marie. »Ist das die Originalausgabe oder ein Nachdruck?«

Timo warf einen Blick auf das Cover. »Das ist ein Original! Seht ihr? Hier steht der Preis! Und dieses Heft ist in einem Top-Zustand. Dafür zahlen Sammler richtig viel Geld.«

»Deshalb hat Friedrich das andere Heft also beim Umzug zurückgelassen«, kombinierte Kim. »Er hatte es doppelt!«

»Dir ist schon klar, dass du die Comics nicht behalten kannst, oder?«, fragte David. »Sie gehören Frau Mauer.«

Timo seufzte. »Ja, natürlich.«

»Sie kann das Geld bestimmt besser gebrauchen als du«, sagte

Franzi tröstend. »Vielleicht reicht es ja sogar für eine Pflegekraft oder eine Haushaltshilfe.«
»Sieh's positiv, Bruderherz.« David lächelte Timo zu. »So war die ganze Aufregung wenigstens nicht völlig umsonst. Ohne deinen Einsatz wären die Comics wahrscheinlich nie wieder aufgetaucht und Frau Mauer wäre als arme, einsame Frau gestorben.«
Timo legte die Hefte in die Kiste zurück. »Du hast recht. Geld ist schließlich nicht alles, oder? Viel wichtiger sind heile Knochen.« Er bewegte den Fuß und stöhnte auf. »Mist, das tut weh!«
»Ich rufe jetzt einen Krankenwagen.« Kim zückte ihr Handy. In diesem Moment hörten sie ein seltsames Geräusch aus dem Keller, gefolgt von einem heiseren Schrei. Alle erstarrten.
»Was war das?«, fragte Franzi.

Reingefallen

»Aaaaah, verdammter Mist!« Lautes Stöhnen drang aus dem Keller, als die drei !!! die Treppe hinunterstürzten.
»Jemand ist in das Loch gefallen!«, rief Marie.
Die Detektivinnen erreichten den Kellerraum und knieten sich neben das Loch. Eine dunkle Gestalt lag am Boden der Grube wie ein in die Falle gegangenes Tier.
»Wer sind Sie?«, fragte Franzi. »Was machen Sie hier?«
Der Mann hob stöhnend den Kopf. Er kam Marie vage bekannt vor. Wo hatte sie ihn schon einmal gesehen?
»Was geht euch das an?«, knurrte der Unbekannte. »Helft mir lieber hier raus.« Stöhnend richtete er sich auf. Er hatte offenbar Glück im Unglück gehabt und war mit ein paar Beulen und Schürfwunden davongekommen.
Marie betrachtete den Mann genauer. Er war groß und schlank, trug dunkle Klamotten und einen Kapuzenpullover. Plötzlich wusste sie, wo sie ihn schon mal gesehen hatte.
»Sie sind der Sohn des Antiquars!«, rief sie. »Freddi Moder!«
»Kennen wir uns?«, fragte Freddi misstrauisch.

»Nicht wirklich«, sagte Marie. »Wir sind uns nur einmal kurz im Antiquariat über den Weg gelaufen.«
»Was machen Sie hier?«, wiederholte Kim Franzis Frage.
»Ich … äh … ich wollte mir die alte Fabrikantenvilla mal ein bisschen aus der Nähe ansehen«, behauptete Freddi. »Konnte ja nicht ahnen, dass man hier gleich in Lebensgefahr gerät.« Mit einiger Mühe kletterte er aus dem Loch und blieb auf dem schmutzigen Kellerboden sitzen.
Marie glaubte ihm kein Wort. Es war garantiert kein Zufall, dass der Antiquarssohn hier aufkreuzte. War er auch hinter den Comics her? Ihr Blick fiel auf seine Turnschuhe. Nagelneue Designerteile, wenn auch inzwischen leicht eingestaubt.
»Sie waren in der alten Spinnerei, stimmt's? Wir haben Sie überrascht und Sie sind abgehauen.«
»Was? Unsinn!« Freddi schnaubte empört.
Marie ließ sich nicht beirren. »Was haben Sie dort gesucht? Alte Comichefte?«
»Wie kommst du denn darauf?« Freddi schob seine Hose hoch und beugte sich über sein rechtes Schienbein. Dabei rutschte sein Pullover ein Stück nach oben. »Mist, ich hab mir einen fetten Bluterguss geholt.«
Franzi stieß Marie unauffällig mit dem Ellbogen an und deutete auf Freddis Gürtel, der unter dem Pullover zum Vorschein gekommen war. Ein schwarzer Ledergürtel mit silbernen Nieten!
Kim war der Gürtel ebenfalls aufgefallen. »Hören Sie auf zu lügen! Sie waren nicht nur in der alten Spinnerei, sondern Sie

sind auch in Timos WG eingebrochen. Sie haben sein Zimmer durchsucht und den alten Brief gestohlen.«

»Was faselst du da?«, schimpfte Freddi. »Welcher Timo? Was für ein Brief? Langsam reicht es mir! Ich hab keine Ahnung, was ihr von mir wollt!«

»Vielleicht hilft das hier Ihrem Gedächtnis auf die Sprünge.« Franzi zog die kleine Tüte mit der silbernen Niete aus der Hosentasche.

Verblüfft sah Freddi von dem Beutel in Franzis Hand zu seinem Gürtel. »Wo zum Teufel habt ihr die her?«

»Die Niete haben wir in Timos Zimmer gefunden«, erklärte Franzi. »Eine polizeiliche Analyse wird garantiert ergeben, dass sie von Ihrem Gürtel stammt.«

»Verdammt!« Freddis Gesicht war verzerrt vor Wut. »Warum hab ausgerechnet ich immer so ein Pech? Das kann doch nicht wahr sein!«

Maries Mitleid hielt sich in Grenzen. »Sie wollten sich die wertvollen alten Comics unter den Nagel reißen, stimmt's?«

»Mit den Dingern wäre ich reich geworden!« Freddis Augen funkelten gierig. »Ich hab gehört, wie sich dieser Typ mit meinem Vater gestritten hat. Als er von den Comicheften geredet hat, wusste ich, was ich zu tun habe. Erst hab ich in seiner Wohnung nach den Heften gesucht, aber dort waren sie nicht. Immerhin hab ich diesen Brief gefunden, der mich zur alten Spinnerei geführt hat.«

»Aber dort waren die Hefte auch nicht«, stellte Kim fest.

Freddi schüttelte den Kopf. »Nein, aber ich war auf der richtigen Spur. Ich hab im Antiquariat ein altes Buch über die Geschichte der Spinnerei gefunden, darin wurde die Fabrikantenvilla erwähnt.«

»Und jetzt wollten Sie hier weitersuchen«, ergänzte Marie.

»Da hätte Frau Mauer ja fast noch einen Sohn bekommen.« Franzi grinste.

»Hä?« Freddi verstand kein Wort.

Kim zog ihr Handy hervor. »Ich rufe jetzt einen Krankenwagen für Timo und informiere Kommissar Peters.«

»Ihr ruft die Polizei?« Freddi schien erst jetzt klar zu werden, welche Konsequenzen sein Handeln haben würde.

»Was denken Sie denn?«, fragte Franzi. »Sie sind zweimal in fremde Häuser eingebrochen. Das wird den Kommissar bestimmt interessieren.«

Marie stellte sich das verdutzte Gesicht des Kommissars vor, wenn Kim ihm erzählte, dass sie einen Einbrecher gefasst hatten. Sie grinste bei dem Gedanken daran. Die drei !!! hatten mal wieder einen Fall gelöst!

Detektivtagebuch von Kim Jülich
Sonntag, 11:12 Uhr

Dieser Fall war wirklich etwas ganz Besonderes! Ich sehe unsere Stadt jetzt mit völlig anderen Augen. Überall gibt es leer stehende Gebäude, die ich vorher gar nicht beachtet habe. Diese Lost Places sind echt faszinierend. Wenn ich nicht so viel mit dem Detektivclub und dem Schreiben zu tun hätte, würde ich glatt darüber nachdenken, Urbexerin zu werden.

Freddi Moder wurde gestern wegen Einbruchs verhaftet. Kommissar Peters hat ziemlich gestaunt, als er von unseren Ermittlungen gehört hat. Timo wurde ins Krankenhaus gebracht und wird dort erst mal gründlich untersucht.
Die arme Frau Mauer war total durcheinander. Sie hat überhaupt nicht verstanden, was los war. Kommissar Peters hat versucht, sie zu beruhigen, aber das hat sie nur noch mehr verwirrt. Sie hat ihn abwechselnd für ihren Mann und den Postboten gehalten. Zum Glück kam in diesem Moment eine Nachbarin vorbei, die ab und zu nach der alten Dame sieht. Sie hat Frau Mauer erst mal einen Tee gekocht und versprochen, bei ihr zu bleiben, bis sie sich wieder beruhigt hat. Arme Frau Mauer! Jetzt ist sie wieder ganz allein in ihrer Geistervilla. Hoffentlich bekommt sie bald Hilfe.

Geheimes Tagebuch von Kim Jülich
Sonntag, 11:54 Uhr

Stopp!!! Dieses Tagebuch ist PRIVAT! Wenn du weiterliest, erscheint dir der Geist von Friedrich Mauer und du musst mit ihm, Micky und Goofy Loopings fliegen, bis dir schlecht wird!
Hilfe! Was soll ich nur tun? Davids Liebesgeständnis hat mich total durcheinandergebracht. Ich habe keine Ahnung, wie ich reagieren soll, aber es wäre fies, ihn noch länger hinzuhalten. Ich muss endlich Klartext mit ihm reden. Am besten, ich sag ihm ganz direkt, dass ich nur mit ihm befreundet sein will. Was heißt hier »nur«? Freundschaft ist doch eigentlich viel mehr wert als Liebe! Oder?!
Übrigens ist heute Phase zwei der »Aktion Amor« angelaufen. Marie hat Opa Herbert vorgeschlagen, seine Angebetete zu einem romantischen Date einzuladen, was er auch getan hat. Oma Agnes hat tatsächlich zugesagt! Was sie nicht weiß: Marie, Franzi und ich sind für die Vorbereitungen zuständig. Damit das Rendezvous ein Erfolg wird, haben wir uns etwas ganz Besonderes ausgedacht ...

Aktion Amor

Eine Woche später war es so weit. Heute sollte Phase zwei der »Aktion Amor« durchgeführt und abgeschlossen werden.
»Hoffentlich klappt alles!« Marie knabberte nervös an ihrem erdbeerrot lackierten Fingernagel.
»Haben wir auch nichts vergessen?«, überlegte Kim.
Marie sah sich in dem großen Raum um, der auf den ersten Blick nicht besonders geeignet für ein romantisches Date schien. Sie hatte sich lange mit Opa Herbert unterhalten und herausbekommen, dass er und Oma Agnes sich vorüber fünfzig Jahren in einem Gartenrestaurant beim Tanztee kennengelernt hatten. Es hieß *Zur schönen Aussicht* und hatte seine Pforten leider vor zwölf Jahren für immer geschlossen. Seitdem stand das Gebäude leer und war sich selbst überlassen.
Die drei !!! hatten vor ein paar Tagen eine Radtour zu dem früheren Gartenrestaurant gemacht, das idyllisch am Rand eines Waldgebiets vor den Toren der Stadt lag, und Marie hatte beschlossen, dass Opa Herbert und Oma Agnes genau an diesem Ort wieder zueinanderfinden sollten.

Kim hatte im Internet recherchiert und den Besitzer des verfallenen Gebäudes ausfindig gemacht, der den Detektivinnen nach einigem Hin und Her tatsächlich erlaubt hatte, den ehemaligen Ballsaal des Hauses für eine private Feier zu nutzen. Nun stand der glücklichen Wiedervereinigung von Tessas Eltern nichts mehr im Weg. Fast nichts …

»Die Kerzen!«, rief Marie. »Wo sind die Kerzen?« Sie wühlte in ihrem Rucksack und fand die Packung mit den Teelichtern, die sie extra besorgt hatte. Eilig verteilte sie die Teelichter auf den staubigen Fensterbänken, dem zerkratzten Parkett und dem alten Flügel, der in der Ecke des Tanzsaals stand und zu dessen Klängen sich früher die Paare im Kreis gedreht hatten. Ihm fehlte die Hälfte der Tasten und er war voller Spinnweben, aber er funktionierte noch. Als Marie das hohe C anschlug, schwebte ein schiefer Ton zur hohen, stuckverzierten Decke. Nachdem er verklungen war, legte sich die Stille noch geheimnisvoller über den leeren Tanzsaal.

»Schade, dass man auf dem Flügel nicht mehr spielen kann«, sagte Kim. »Es wäre doch total romantisch, hier zu echter Klaviermusik zu tanzen.«

»Musik aus der Konserve tut's bestimmt auch.« Marie überprüfte die kleine Lautsprecherbox, die sie versteckt hinter einem zerschlissenen Vorhang auf der Fensterbank platziert hatte. Sie war an ihr Smartphone angeschlossen, auf das sie sich aus dem Internet einige Oldies heruntergeladen hatte. In der Mitte des Raums stand ein wackeliger Gartentisch, den die drei !!! von der Terrasse des ehemaligen Restaurants in den Tanzsaal geschleppt hatten. Sie hatten eine blütenweiße Tischdecke aufgelegt und den Tisch mit Grevenbroichs gutem Geschirr für zwei Personen gedeckt. Kim polierte gerade das Besteck und die langstieligen Sektgläser. In einem Sektkühler auf dem Boden wartete eine Flasche alkoholfreier Holunderbeersekt aus dem Bioladen auf das hoffentlich bald wieder glücklich vereinte Paar.

Natürlich gab es auch etwas zu essen. Franzis Mutter, die einen Backservice und ein kleines Hofcafé betrieb, hatte für diesen besonderen Anlass einen Schokoladenkuchen in Herzform gebacken. Außerdem hatte Marie mit Erdbeercreme gefüllte Liebesknochen, Mini-Möhren-Muffins, kleine Gurkensandwiches und eine Thermoskanne Tee mitgebracht.

Marie sah auf die Uhr. »Schnell! Sie müssten jeden Moment hier sein.« Mit einem Stabfeuerzeug zündete sie die Kerzen an, strich die Tischdecke noch einmal glatt und überzeugte sich mit einem letzten Blick davon, dass alles in Ordnung war, und griff nach ihrem Rucksack.

Als die drei !!! das Gebäude verließen, hörten sie schon ein Auto in den holprigen Weg zum Gartenrestaurant einbiegen und mit röhrendem Motor näher kommen. Ein roter Kleinwagen schimmerte zwischen den Bäumen hindurch.

»Da sind sie!« Marie schulterte ihren Rucksack und schlug sich in die Büsche. Kim und Franzi folgten ihr.

Durch dichtes Gestrüpp und kniehohes Gras stapften die drei !!! um das Gebäude herum und versteckten sich direkt unter dem großen Panoramafenster, das praktischerweise keine

Scheibe mehr hatte. So konnte Marie im richtigen Moment die Musik einschalten. Das Motorengeräusch verstummte, kurz darauf schlugen zwei Türen zu.
»Runter!«, zischte Franzi.
Marie duckte sich hinter einen üppig blühenden wilden Rosenstrauch. Sie hörten Schritte, dann ertönte Oma Agnes' Stimme direkt über ihnen am Fenster des Ballsaals.
»Kaum zu glauben, dass wir hier jeden Sonntag getanzt haben. Schau mal, sogar der Flügel ist noch da!«
»Es ist wie eine Reise in die Vergangenheit, nicht wahr?«, sagte Opa Herbert. »Wie wär's mit einem Schluck Tee und etwas Kuchen?«
»Sehr gerne! Hast du das alles extra für mich vorbereitet? Wie schön der Tisch gedeckt ist! Und die vielen Kerzen …« Oma Agnes klang gerührt.
»Nun ja, ich hatte ein wenig Hilfe«, gab Opa Herbert zu.
Die Schritte entfernten sich vom Fenster. Marie drückte auf ihr Smartphone und leise Musik drang aus dem Lautsprecher. *Yesterday* von den Beatles. Sehr passend, wie Marie fand. Außerdem war es eins von Oma Agnes' Lieblingsliedern.
Marie lugte vorsichtig in den Ballsaal. Opa Herbert rückte gerade den Stuhl für seine Frau zurecht. Oma Agnes hatte sich extra schick gemacht. Sie trug ein geblümtes Kleid, war beim Friseur gewesen und hatte sich sogar ein paar Schminktipps von Marie geholt. Opa Herbert schenkte ihr Tee ein und nahm ebenfalls Platz.
»Läuft doch super«, flüsterte Franzi.

Marie nickte zufrieden. Während Oma Agnes an ihrem Tee nippte, lobte sie die Leckereien auf dem Tisch.
»Das sieht ja köstlich aus! Lernst du in deinem vegetarischen Kochkurs etwa auch backen?«
Marie hielt den Atem an. Ernährung war ein heikles Thema zwischen den beiden, das letztendlich auch der Auslöser für ihre Ehekrise gewesen war. Während Oma Agnes streng auf gesundes Essen achtete, liebte Opa Herbert Süßigkeiten und aß zwischendurch auch gerne mal Pommes frites und Bratwurst.
»Das nicht, aber beim letzten Mal haben wir ein herrliches Risotto mit Pilzen und Ziegenkäse gekocht«, erzählte Opa Herbert. »Das würde dir bestimmt auch schmecken. Magst du ein Stück Kuchen?«
Oma Agnes zögerte einen Moment, dann nickte sie. »Sehr gerne!« Sie reichte Opa Herbert ihren Teller.
Marie seufzte erleichtert. Die erste Hürde war genommen. Ohne mit der Wimper zu zucken, verzehrte Oma Agnes ein Stück Schokoladenkuchen, einen Liebesknochen und zwei Gurkensandwiches. Währenddessen schwelgten sie und Opa Herbert in Erinnerungen.
»Weißt du noch, als du mich das erste Mal zum Tanz aufgefordert hast?«, fragte Oma Agnes.
»Natürlich! Vor lauter Aufregung hab ich gestottert. Aber du hast trotzdem Ja gesagt.«
»Ich wusste sofort, dass du der Richtige für mich bist.« Opa Herbert seufzte. »Du fehlst mir, Agnes.«
»Du mir auch«, sagte Oma Agnes leise.

»Hatschi!«
Marie zuckte zusammen. Franzi hatte ihr direkt ins Ohr geniest!
Franzi fuhr sich mit der Hand über die Nase und zischte entschuldigend: »Heuschnupfen!«
»Was war das?«, fragte Oma Agnes beunruhigt.
»Gar nichts«, behauptete Opa Herbert schnell. »Bestimmt nur ein Vogel draußen im Garten.«
Marie unterdrückte ein Kichern. Wenn Oma Agnes ein Niesen nicht mehr von Vogelgezwitscher unterscheiden konnte, war sie eindeutig taub vor Liebe.
»Möchtest du tanzen?«, fragte Opa Herbert.
»Sehr gerne!«, flötete Oma Agnes.
Marie warf einen letzten Blick durch das Fenster. Oma Agnes und Opa Herbert tanzten eng umschlungen in der Mitte des Ballsaals. Sie gab ihren Freundinnen ein Zeichen und die Detektivinnen traten den Rückzug an.
»Ist doch perfekt gelaufen«, stellte Kim fest, sobald sie außer Hörweite waren.
Marie nickte. »Ich schätze, Oma Agnes' Tage bei uns sind gezählt.« Sie lächelte zufrieden. Die »Aktion Amor« war ein voller Erfolg gewesen.

Ein paar Tage später saßen die drei !!! mit David und Timo auf der großen Wiese im Schillerpark. Die Brüder hatten die Detektivinnen als Dank für ihre Hilfe zu einem Picknick eingeladen.

»Wer möchte noch ein Schinken-Käse-Baguette?«, fragte David.
»Ich kann nicht mehr!« Franzi hielt sich den Bauch. »Ich bin pappsatt.«
»Ist noch etwas Mousse au Chocolat da?«, erkundigte sich Kim. »Die ist total lecker.«
David nickte. »Ich hab extra für dich die doppelte Portion gemacht.«
Als er Kim die Schüssel reichte, berührten sich kurz ihre Fingerspitzen. Kim zuckte zurück, als hätte sie einen Stromschlag bekommen, und David stieg augenblicklich die Röte ins Gesicht.
»Äh ... d...danke«, stammelte Kim.
»Ich würde auch noch etwas Mousse au Chocolat nehmen.« Timo hielt seinem Bruder sein Schälchen hin.
»Wie geht's deinem Fuß?«, fragte Franzi.
»Ganz okay. Mit dem Gehgips kann ich sogar einigermaßen laufen.« Er klopfte gegen sein Gipsbein.
Timo war nach seiner Rettung aus der Geistervilla ein paar Tage im Krankenhaus gewesen. Er hatte tatsächlich eine leichte Gehirnerschütterung gehabt, aber jetzt ging es ihm wieder besser. Sein Fuß war leider gebrochen, deshalb hatte er einen Gipsverband bekommen. Zum Glück war es ein unkomplizierter Bruch, der in einigen Wochen verheilt sein würde.
»Ich hab vorhin mit Kommissar Peters telefoniert«, erzählte Kim zwischen zwei Löffeln Mousse au Chocolat. »Frau Mauer wird bald in ein Altenheim umziehen.«

»Wahrscheinlich ist es das Beste für sie«, sagte Marie. »Auch wenn sie dafür ihr Haus verlassen muss.«
»Was ist mit den Comicheften?«, fragte Franzi.
»Die werden verkauft und den Erlös bekommt Frau Mauer«, sagte Kim.
Timo kratzte sein Schälchen aus. »Übrigens werde ich das Geld, das ich für das Micky-Maus-Heft bekommen habe, natürlich auch an Frau Mauer zurückzahlen.«
»Ich dachte, die Kohle hast du schon für deine neue Fotoausrüstung ausgegeben«, sagte David.
»Ja, aber ich hab die Kamera zurückgegeben und der Händler hat mir fast den vollen Kaufpreis erstattet. Bis ich mir eine neue Kamera leisten kann, fotografiere ich eben mit meinem Handy.«
»Willst du denn weiter urbexen?«, fragte Marie. »Oder hast du jetzt genug davon?«
Timo schüttelte den Kopf. »Auf keinen Fall! Sobald mein Fuß verheilt ist, geht's wieder los. So lange recherchiere ich im Internet nach Lost Places, die ich noch nicht kenne.«
»Warst du schon mal in dem alten Gartenlokal, das kurz hinter der Stadtgrenze im Wald liegt?«, fragte Franzi. »Es hieß früher *Zur schönen Aussicht*. Das solltest du dir mal ansehen.«
»Cool!« Timo lächelte. »Danke für den Tipp.«
»Hast du dich eigentlich wieder mit Gilbert vertragen?«, fragte David.
Timo nickte. »Er hat mich im Krankenhaus besucht und wir haben uns ausgesprochen. Ich weiß jetzt, dass es eine bescheu-

erte Idee war, das Comicheft aus der alten Spinnerei mitzunehmen und zu verkaufen. Wenn ich mich an den Urbexer-Kodex gehalten hätte, wäre mir einiges erspart geblieben. Die nächsten Touren mache ich wieder mit Gilbert zusammen. Es ist einfach zu gefährlich, alleine loszuziehen. Außerdem macht es zu zweit mehr Spaß.«

»Dann ist ja alles gut«, stellte Kim fest. »Ich werde mir auf jeden Fall ab und zu deine neusten Fotos im Internet anschauen.«

David sah auf die Uhr. »Sorry, aber ich muss leider los.«

»Arbeitest du heute wieder im Imbiss?«, fragte Marie.

David nickte. »Die Pommes und Burger warten schon auf mich.« Er verzog das Gesicht. »Dabei würde ich viel lieber bei euch bleiben.« Er begann, die leeren Teller, Schüsseln und Schälchen zusammenzuräumen.

Die drei !!! standen auf und halfen ihm, die Reste des Picknicks in einer großen Tasche zu verstauen.

»Danke für die Einladung«, sagte Marie.

»Gern geschehen«, erwiderte David. »Hoffentlich sehen wir uns bald wieder.« Er warf Kim einen verstohlenen Blick zu.

Kim wurde rot. »Ich ruf dich an, okay?«

»Ja, klar.« David reichte seinem Bruder zwei Krücken und griff nach der Tasche.

»Tschüss, ihr drei!« Timo stützte sich auf eine Krücke und winkte mit der anderen. »Danke noch mal für alles.«

Die Brüder gingen über die Wiese davon, während sich die Detektivinnen wieder im Gras niederließen.

Marie warf Kim einen Seitenblick zu. »Hast du eigentlich inzwischen mit David geredet?«
Kim nickte. »Wir haben alles geklärt.«
Franzi streckte die Beine aus. »Und was heißt das?«
»Wir haben beschlossen, Freunde zu bleiben.«
Franzi runzelte die Stirn. »Das hast wohl eher du beschlossen.«
»Wie hat David reagiert?«, fragte Marie.
Kim seufzte. »Ich glaube, er war ziemlich enttäuscht. Aber er hat versucht, sich nichts anmerken zu lassen.«
»Bist du ganz sicher, dass du nicht in ihn verliebt bist?«, hakte Marie nach.
»Na ja … ja … ich glaub schon …« Kim verstummte.
»Sprich mir nach«, befahl Franzi. »*Ich bin nicht in David verliebt!*«
»Ich bin nicht in …«, begann Kim, dann schüttelte sie ärgerlich den Kopf. »So ein Unsinn! Was soll das?«
Franzi und Marie wechselten einen Blick. Eins war klar: In Sachen Kim und David war das letzte Wort noch nicht gesprochen.
»Übrigens kommen Oma Agnes und Opa Herbert morgen zu Besuch«, erzählte Marie, um das Thema zu wechseln.
»Schon wieder?«, wunderte sich Franzi. »Oma Agnes ist doch gerade erst nach Hause zurückgekehrt.«
Marie grinste schief. »Na ja … irgendwie haben wir sie alle vermisst. Darum hat Tessa sie und Opa Herbert für ein paar Tage eingeladen. Oma Agnes hat versprochen, für uns zu kochen.

Endlich gibt's mal wieder was richtig Gesundes!« Franzi und Kim starrten Marie so verblüfft an, dass sie kichern musste. »Ich weiß, das klingt verrückt, aber ich freue mich sogar auf Oma Agnes' Grünkernauflauf.«
»Toll, dass sich die beiden wieder vertragen haben«, sagte Kim.
Marie nickte. »Finde ich auch. Streit bringt doch nur negative Energie. Genauso wie Eifersucht.« Plötzlich fiel ihr etwas ein. »Hab ich euch eigentlich schon erzählt, dass ich Selma getroffen habe?«
»Was?«, rief Franzi. »Nein!«
»Sie ist mir über den Weg gelaufen, als ich Holger vorgestern vom Parkouring abgeholt habe. Erst wollte ich einfach an ihr vorbeigehen, aber dann bin ich stehen geblieben und hab Hallo gesagt.«
»Und?«, fragte Kim gespannt.
Marie zuckte mit den Schultern. »Nichts! Wir haben uns ganz normal unterhalten. Aber das Beste ist: Es hat mir überhaupt nichts ausgemacht!«
Franzi schüttelte ungläubig den Kopf. »Du bist nicht wieder eifersüchtig geworden?«
»Kein bisschen.« Marie grinste stolz. »Das ist der Beweis: Ich hab meine Eifersucht endgültig überwunden.«
»Herzlichen Glückwunsch!«, sagte Kim lächelnd.
»Danke. Ich will in Zukunft keine negative Energie mehr in meinem Leben zulassen. Wut, Ärger, Neid und Eifersucht bringen einen überhaupt nicht weiter, sondern machen nur

schlechte Laune.« Marie zog drei tiefschwarze Steine, die wie dunkle Tränen aussahen, aus ihrer Handtasche. »Wisst ihr, was das ist?«

»Keine Ahnung«, sagte Franzi. Auch Kim schüttelte langsam den Kopf. «Nein, so einen Stein habe ich auch noch nie gesehen.«

»Onyxe«, erklärte Marie. »Das sind Halbedelsteine. Wenn man einen Onyx möglichst nah am Körper trägt, soll er negative Energien vertreiben und innere Zufriedenheit geben. Hier, die sind für euch.« Sie reichte Franzi und Kim jeweils einen Stein.

»Vielen Dank!« Franzi strich über den glänzenden Halbedelstein, der geheimnisvoll in der Sonne funkelte.

»Wie hübsch«, sagte Kim. »Auch wenn ich mir nicht sicher bin, ob das funktioniert.« Sie war durch und durch Realistin und misstraute jedem Phänomen, für das es keine logische Erklärung gab.

»Ich schon«, sagte Marie zuversichtlich. »Steckt die Steine einfach in eure Hosentaschen und tragt sie immer bei euch. Dann haben negative Energien keine Chance mehr.«

Franzi grinste. »Ich kenne ein noch besseres Mittel dagegen.«

»Ach ja?«, fragte Marie. »Welches denn?«

»Gute Freundinnen!« Franzi steckte den Onyx vorsichtig in die Tasche ihrer abgeschnittenen Jeans.

Kim lachte. »Stimmt, solange wir zu dritt sind, ist alles bestens. Und wenn wir mal einen Schub positive Energie brauchen, haben wir ja auch noch unseren Powerspruch.«

»Positive Energie kann man immer gebrauchen, oder?« Marie sprang auf und streckte den Arm aus.
Kim und Franzi folgten ihrem Beispiel, und alle drei legten die Hände übereinander.
»Die drei !!!«, sagten die Detektivinnen im Chor.
Kim sagte: »Eins!«, Marie »Zwei!« und Franzi »Drei!«. Zum Schluss hoben sie gleichzeitig die Hände und riefen: »Power!!!«

Maja von Vogel liebt alte Gebäude und Geheimnisse. Wenn sie so mutig wäre wie die drei !!!, würde sie jede Nacht gruselige Lost Places erkunden. Stattdessen schreibt sie lieber Geschichten über verzwickte Kriminalfälle, unheimliche Ruinen und seltsame Begegnungen in verlassenen Häusern.